三民叢刊197

只要我和你

夏小舟 著

三民書局 印行

序言　情天情海幻情身

夏小舟

(一)

很長很長一段時間，我們相信有情人終成眷屬。我們相信姻緣是一種最神秘的緣份，彷彿千年之前，那一根紅絲帶便飄蕩在有情人之間，把相愛的男人和女人引向婚姻的殿堂。事實上姻緣更是一種男人和女人尋求共識的主觀創造，這個世界上沒有命中注定的曠男怨女，只要你肯去尋找，總可以找到。

但，男人和女人的世界其實並不是如此簡單。午夜夢迴，冷雨敲窗，才發現身邊這位被框界成丈夫或妻子的男人或女人呈現給你的靈與肉都是那般陌生，你刻骨銘心的人兒遠在天涯，命運注定般地棄你而去，即使他或她就在你的身邊，你和他擦身而過，你和他陌生得彼此認不出，惆悵的心久久空洞著……，然而，你是愛著的、被思念著的，只是這思念和愛化成永生的牽掛和遺憾，落得個千古絕唱。

在情愛人生裡，還有什麼比這更讓人感懷，更叫人心酸的呢？

正是那：

厚地高天，堪嘆古今情不盡，

痴男怨女，可憐風月債難償！

愛情原來是前世結下的一段緣，今生要來償還的。你前世欠了她的，今世她就要來索還，你先前薄待過她，她今世就要把那段風月債一一清算。

所以，你應當無悔無怨。

可是，我們知道了謎底，卻依然要在謎句間尋覓，我們明知彼此無緣，卻等待了整整一生。

我們不信，要仰首問蒼天，若說沒有奇緣，今生為何遇著他（她）？若說有奇緣，為何心事付虛話？變成那水中月、鏡中花？

情愛人生，就是這樣一副剪不斷、理還亂的情景。

也許，我們離開這個世界時，最想見的人只是在自己人生中匆匆而過的一位男人或女人？

得不到的是最寶貴的，結不成的緣更令人疼惜。

結不成的緣份也是緣，不求天長地久，只求曾經擁有，不是也很美好嗎？

有了世間這一段沒有結果的情，才有我們說不盡的故事。

（二）

佛教教義說，人生是苦難的歷程，生、老、病、死無能倖免。佛家對於情，認為也是一種磨難。因為這情可以背叛、欺騙，使人受傷，所以佛家要人遁入空門。

賈寶玉為情所苦，最終是看破紅塵，撒手而去。

東方哲學對於愛情遠不如西方哲學那般由衷的歌頌。東方哲人在愛情中看到了人生的無奈、人性的醜惡。

有些人，一生中最大的磨難正是愛情給予的。如果不去愛，她或他的生命不會那麼黑暗。

也有些人，一生中最大的幸福是愛情帶來的，如果沒有愛情，他或她的生命之花不會開得如此燦爛，愛情無疑像是甘泉雨露注入了他（她）們乾涸的人生。

很少有人能躲避愛情、婚姻。如果人生中沒有愛情和婚姻的經歷，可以斷言，這樣的人生一定是有缺憾的。

男人和女人可以不成為人生的佼佼者，但他或她應該至少做一個男人或女人，做一個男人和女人是人一生下來就決定了的名份和責任。

男人和女人是一對既互相吸引又互相排斥的矛盾體，對立中有和諧、有統一。男人眼中的好男人或女人眼中的好女人在異性眼中完全不是那麼回事。

所以我們聽到這樣的哲理，男人和女人不能彼此孤立、互不來往，最美好的愛情、婚姻組合是男人和女人的組合，這大概是上帝的旨意。陰和陽，天與地，太陽和月亮，河流與山川……

人生千千面，愛情、婚姻更是千千面，永遠道不盡的話題是男人和女人共同寫下的故事，這故事不一定美麗，甚至十分醜惡，可它是天地間不可缺少的人生場面。《紅樓夢》中把人世間萬事萬物歸結為一個情字，「開闢鴻蒙，誰為情種？都只為風月情濃。」

完美的人格和道德力量可以在愛情、婚姻中展現；反之，愛情、婚姻的兩性世界裡，也最容易藏垢納污。

於是，我把我那充滿關注的目光，投向千姿百態的男女兩性世界。

只要我和你　目次

卷二　愛情路上三人行

卷三　男女世界萬花筒

卷一　因愛而傷

把愛情，婚姻放在天平上去權衡輕重的人，
千萬不要和他（她）接近，
因為你的分量不可能總是最重，
而他（她）卻永遠只會選擇
哪怕比你重一錢一兩的人，
這樣的人，你敢去愛嗎？

因愛而傷

不在一條起跑線上

我的母親有一次這樣說：「婚姻是稱斤論兩的，在很多人看來。小舟，妳挺起胸膛做人，千萬不要沮喪。」

那時，我匆匆搭早班的飛機從日本的福岡趕往父母身邊，只背著一個小小的背包，裡面胡亂塞著在福岡機場買給孩子的兩包糖，那時他兩歲半，天天揚著小手，追在外婆身後說：「糖，糖，外婆買糖！」

我上了飛機，很好，座位正緊貼在機窗旁，我把身子調好角度，臉貼在機窗上，這樣我可以默默的哭……在飛機轟然騰飛的那一刻，我的心也一下被提起來，懸在半空，我萬念俱灰，一遍又一遍的對自己說：「我失去了他，孩子失去了他，他就這樣走了，這樣走了……」那是福岡的夜，南國的冬天三五年也不見一場雪，可那個冬夜天明明飄著雪花，我不知道這場雪。

我正睡著，床頭散亂著書，筆記，卡片，突然電話鈴響了，是他的聲音，像在哭，而且泣不成聲，我正準備向他描繪這場美麗的雪呢？可他給我的，卻是一生一世的打擊。

他說了什麼，我一點也聽不清了，只覺得雙耳轟鳴，眼前一陣陣發黑，我幾乎握不住電話，而話筒也確實從我手上滑落下去過，我又慌慌張張把它放到耳邊去聽。

我放下電話，赤著腳跑到鋪滿雪花的陽臺上，去收一件凍得硬邦邦的衣，我不知道我的腳已凍得失去感覺，我踩在雪花上，看見腳趾頭上的血一點點凝固。「哦，我怎麼這麼傻，為了一件不相干的衣！」我又跑回床上，把腳塞進薄薄的被子裡，我疼惜自己凍僵的腳，像疼惜自己可憐的脆弱的婚姻。我跳下床，披著一身雪花，一腳深，一腳淺的向大學方向跑去，中途一定摔過跤，可我現在一點也記不得了。我摸到教授的研究室門前，這才感覺到冷……我就著走道上枯黃的燈光，匆匆掏出紙筆，給教授留下了一張字條，我請他原諒我的不辭而別，我告訴他，不是不想繼續學業，而是要去挽救婚姻，在博士學位和他中間做選擇，我當然放不下的是他。

第二天一大早，我就乘上了開往東京去的新幹線，我呆呆的坐在那，一言不發，一位好心的日本老婦塞給我一塊芸豆卷。

「吃吧！這世上還有什麼比不吃芸豆卷更笨的呢！」她用眼睛鼓勵我，我這才發現，座位四周，每人手上都有老婦送的芸豆卷。

我吃了，平日那甜得難以下咽的芸豆卷今天卻苦不堪言。

火車還沒停穩，我就衝出了車站，攔住一輛出租車，就朝澳洲駐日使館駛去，我要去申請探親簽證，去見簽證官。

我是一個很笨的女人，母親說，小時候我就比妹妹笨，她要大人抱，會先拖住大人的腿，說，抱抱。大人的腿被拖住了，行動不得，當然只有遵其旨意，抱抱。

我呢！哭著，嚷著要抱，大人一見心煩，說，抱？沒見我這忙著呀！一邊去！

我坐在那位簽證官面前，端端正正的。

我覺得她一定和我一樣，心裡總是漾洋著一腔同情，隨時隨地要去為別人包紮傷口。

我把一切都告訴她，她問什麼，我都誠懇的答。

她望著我笑，那笑弄得我莫名其妙。

她轉身站起，在我護照上蓋了一個拒簽的章，冷冰冰的說：「對不起，妳有移民傾向，妳自己都坦白了，妳會留在丈夫身邊，妳不會回日本繼續學業了。」

我一下像被人推入冰洞裡，渾身的血都凝固了。

這是事實，我說的是事實，而今，我要為自己的誠實受苦了。

我走出簽證室，坐在長椅上流淚。

人生有漫長的路可走，一天常是另一天的重複，可緊要之處只有幾步，你錯過這幾步，你也許就錯過了你的一生。

沒有拿到簽證，我只好返回福岡。

那時日本的電視常播放一個時髦的廣告，一個美麗的青春女子在廣闊的地平線上狂奔，道白詞是，我的夢中沒有國境線。

我一遍遍的看這個廣告，總覺得那個女孩子是我的化身或精靈，她之所以做這樣一個奇怪的夢，只是衝破人為的障礙，去挽救她的愛情。

教授看見我又回來了，既高興又擔憂，他說，小舟，買一張飛機票，飛回父母身邊吧，你需要療傷。

我的確最思念的是父母。

我不斷的向母親敘說如果我拿到簽證，飛到他身邊，曉之以理，動之以情，我就一定不會失去他。

母親說，傻孩子，你總是把世界想像得如此簡單。有人在和你爭奪他，而那個人與你不在一條起跑線上……

不在一條起跑線上，所以還沒比，你就輸定了。你要跑千山萬水，而她只需邁出小小的一步。在時空上，你輸了。在年齡上，她比你小十多歲，你是一個苦命的孩子，而她的世界一直陽光燦爛，就好像去市場買物，他稱斤論兩，一眼就分出了輕重。

只有一樣，人的感情不能稱出輕重，人品不能稱出輕重，可這兩樣在有些人眼中根本就沒有分量。

母親的話，影響了我做為女人的人生。我後來之所以平穩的，甚至可以說是幸福的重新站起來，很大程度上得益於母親的這一番教導。

把愛情，婚姻放在天平稱的人，千萬不要和他（她）接近。因為你的分量不可能總是最重，而他（她）卻永遠只會選擇那怕比你重一錢一兩的人。

那年我在漢城，碰見了一位名叫林爽的小姐，她是華人，祖籍山東煙臺。

林爽的父親是中學教員，母親也是，出身在教師之家的林爽，大學畢業後便到了日本京都留學，從碩士一直唸到博士。如今她在大學任教，薪水很不錯，只是三十多歲了，依然獨身。

她父母告訴我，她被一個男人傷害了，從此決心此生不議婚嫁。

原來，林爽在日本京都留學時，曾有一場轟轟烈烈的戀愛。

大學研究生院的工學部有一位長得很帥的男生，他和未婚妻一同從上海到日本留學，雙雙投奔到一位在日本半導體行業名聲大噪的教授名下攻讀博士學位，與林爽做了同窗。

那位嬌小的上海女孩子告訴林爽，她與他本來已準備結婚，但日本大學規定夫妻只能有一個人領取獎學金，所以他和她只好一再推遲婚期，但事實上，領有雙份獎學金的他和她一直同居，生活平靜而充實。

可是，上海姑娘萬萬沒有想到，男友會向林爽展開追求攻勢。他幫助林爽做試驗，幫她做這做那，如果下雨了，他會把唯一的傘撐在林爽的頭上，而讓未婚妻淋雨。

漸漸的，林爽開始不能沒有他了。

她害怕上海姑娘怨恨的目光，她自知心中有愧，就在自己學業進行得十分順利的狀況下，她毅然決定換一位教授，想擺脫這份有損他人的愛。

可那男生居然也跟她一塊換了新研究室，他說他一天不看見她的影子，就一天不願看見這個世界。

林爽感動了，她想他如此愛她，她只好跟他走了，那怕路上有風雪，有飛沙走石。

他離開了上海姑娘後，上海姑娘想不通，突然瘋了……

上海姑娘在日本治療了一段時間，因花費甚多，被大學送回了上海，據說家中有老母幼弟，狀甚可憐。

林爽覺得內疚，她不只一次的把這內疚向新男友哭訴。

新男友說，沒有什麼值得傷心的，人類都要選優淘劣，愛情、婚姻亦如此。你方方面面都超過她，我難道淘優選劣？

林爽也慢慢釋然了，她曾帶他回韓國探望家人，並計劃在畢業後一同回漢城工作，那時候，日本各企業願意招收外國留學生的很少，學理工科的出路只有回國發展。

臨畢業的前夕，正值日本經濟高漲，各大企業紛紛發出求人(日語招收員工之意)廣告，招聘的人甚至直接到各大學搶畢業生，林爽和男友都被一家大型半導體公司招收為工程師。

她和他決定在日本安定下來。

林爽的父母希望她快點跟他結婚，他說再等一下，等一下，看看形勢的發展再說吧。

外國人在日本公司工作，每年都要去續一次工作簽證，歸化日本國籍幾乎沒有先例，除非跟日本人結婚。而每一次去要求公司人事處出證明去延長簽證都要低聲下氣，漲薪，升級都比日本人慢。

林爽見男友心情不好，就勸他說，日本社會這麼歧視外國人，我倆日後還是回大陸或韓國發展吧。

男友說，那是下策，大陸我過不慣了，韓國雖然比大陸強一些，但哪裡能跟日本比？人要往高處走，我既來了日本，就要在這打拼出一番天地來。

林爽和他過了兩年在日本社會夾縫中生存的日子，最後的結局是她一個人悲悲切切的回到了韓國。

男友看上了一位日本姑娘，而且很快和日本姑娘結婚了。

他說他必須這樣做，日本姑娘方方面面都比林爽好，他為什麼不選優淘劣呢！

有些男人或女人在婚姻愛情上採取的正是不斷擇優淘劣的原則。

年輕的比年紀大的好，漂亮的比不漂亮的好，有錢的比沒錢的好，有身份的比沒身份的好。

感情因之動盪，起伏。你不可能永遠保持優勢，也許與甲比，你比甲強，但與乙比，你就弱了。

何況，許多時候，你和你的競爭者根本不在一條起跑線上，不待比賽開始，你就輸定了。有些條件是命運的，你無法選擇和努力，像林爽的上海男友，當他想要通過婚姻來改變他自己的處境時，他就選擇了日本女人，這一點林爽沒有，林爽注定要輸，要被愛情淘汰出局。

還有年齡，當一個步入中年，甚至老年的女人在青春十八的少女面前，她沒有資本，她也青春過，可她的青春早已逝去了，如果那男人選擇年輕，她當然只有被淘汰出局。

跟了一個在婚姻愛情上永遠擇優淘劣的男人和女人，你就永遠不得安寧，既使他或她不把你淘汰出局，他或她也已產生對你的不滿，總覺得為什麼你不是最好的？

於是他或她忿忿不平，甚至滿懷委曲，一有機會，他或她就會棄你而去。

其實，婚姻和愛情並不是尋找最好的，而是尋找有緣份的，尋找給你一份關懷，一份至愛，甚至，僅僅是一份和平。

有了這個原則，你不會抱怨，不會得隴望蜀，不會背叛。

去尋找這樣的人，他或她會給你美好的一生。

娶嫁標準三高三低

日本的女人嫁人標準是三高原則。三高很好記，一是學歷高，日本是學歷社會，小孩子從幼兒園就開始為日後的高學歷拚搏了。進好的幼兒園要通過考試，那試題拐彎抹角，有邏輯分析能力，例如媽媽要上街買菜，有一大堆東西擺在桌子上，你幫媽媽挑出最有用的東西來。聰明的小孩子知道應該給媽媽挑上鼓鼓的錢包，大大的手提袋。笨孩子會塞給媽媽一塊尿布，一個蘋果。其次是記憶能力、計算能力、口頭表達能力。一番過五關、斬六將下來，小孩子已經知道人世的炎涼與艱辛了。以後初、高中一路拚搏上去。大學入試更是生死搏鬥般的慘烈，所以學歷高的男子無論體力、智力、能力都應該是一流的，否則早被淘汰出局了。高學歷面子上好看，找工作容易，升官發財都能沾上光。女士要找高學歷的男士做終身依靠，這在日本很流行，也頗現實。

其次是高薪水，日本社會收入高下不同，有些職業收入很高，如醫生和大學教師。律師在日本遠遠不及美國收入高，地位高，大概是日本人跟東方人一樣，對打官司不太熱心，許多事情是私下解決，並不願意拿到律師那處理。有一件事很能說明問題，我認識一位大陸到日本留學的女孩，有一次她騎腳踏車拐彎時被一輛汽車碰倒在地，膝蓋擦破，流了一些血。車上走下一位五六十歲的男人，他把她扶起，又提出要跟她去她家商量此事。進得門來，男士遞上一張名片，原來是一家中等規模企業的社長（即總裁）。社長說：「你馬上去醫院檢查、治療，所有醫療費用我都幫你出，我也會給你一筆壓驚費，此事不用驚動律師了，他們只會把事情弄亂，這是你我兩人之間的事，與他人無關，我會誠懇待你，望你也公平待我。」後來，女孩看了病，社長與太太又登門送了一筆不小的安慰費，用人情尺度私下解決問題。類似的例子很多，人們不願找律師，律師自然也就賺不了大錢。日本大企業的員工收入也很不錯，這些人自然成為具有高薪水的女人青睞對象了。

三高中還有一高是指身材高，女人高矮無所謂，日本女性找丈夫卻常常要求對方身材夠高。

日本人身高都比中國人低，我指的是平均指數。有一次，在一家中華料理店碰見了一個當年參加過侵華戰爭的日本鬼子兵。那老頭七老八十了，叫了一杯紹興酒，一盤麻婆豆腐自顧自地坐在一旁吃。一聽我和老板娘用中國話寒暄，眼睛立即亮了。他湊到我身邊來，很想跟我說兩句，話匣子一打開，他就說個沒完沒了。他說：「你知道嗎？我這個人有先見之明，我是天皇不忠誠的士兵。我一跨過中國國境線，第一次看見滿街的中國人，我就知道這場戰爭打不贏，理由是什麼呢？中國人原來都比我們高大！這真嚇了我一跳！我就嘀咕道，他們這麼高，咱們日本人這麼矮，長官聽見了，就罰我去餵馬，所以我沒殺過中國人，我是個小馬伕呀！」

的確，日本人是比中國人矮。古代的中國人早就發現了這一點，稱他們是倭國人。

身高成了日本人很自卑的一處傷痕，日本的營養師開的菜譜中常有能增身高的食品。二次世界大戰後，美軍帶去了美式食品，日本人開始吃西方人的食品，加上經濟起飛，國民的整體身體素質增強了，年輕一代的身高已大大增加。日本女性要求男性有一定的身高，甚至把它做為婚嫁取捨的標準之一，就是認為身材高矮是衡量新舊日本男性的尺度。

娶不到日本太太的日本男性開始把外國新娘接回國門和家門。日本有不少專門從事這類事業的機構，娶妻範圍主要是菲律賓、泰國和臺灣、大陸、韓國。有一次，我充滿好奇地問北海道的一位記者，他因採訪和報導了日本男人娶外國新娘的新聞而名噪一時，我在福岡的一場國際交流宴會上碰見他，我說：「什麼人去娶外國新娘呢？」他說：「一言以蔽之曰：三低男士，學歷低、薪水低、身材低。有了這三低，他在日本就只好打光棍啦。」

日本女人找丈夫要三高，那日本男人找太太要的是什麼呢？我個人的觀點是，三低。一、學歷要低，學問要少。女子無才就是德嘛！日本全民教育水平高，女子教育自明治維新以後也大為發展，女孩子一般都能唸到高中畢業或大學，但如果還唸上去，如碩士、博士之類的，那就學歷太高了，肯定不好嫁。學問也不要多，沒有比有好。女人一跟男人擺開要講學問的樣子，男人或是皺眉，或是掉頭就逃。

二、是賺得要少，薪水要低，最好沒有。女人賺錢多一定會得意忘形，不服男人管制。賺錢多也就意味著責任大，工作緊張而繁忙。哪裡還有閒空管丈夫和小孩子呢？所以，日本男女相親，介紹人會寫一份單子，上面一定要標明男人的收入，而女人都略而不談。再說談了也是白談，女人一結婚，十有八九會辭掉工作，丈夫成了她的僱主，丈夫給多少家用，還不是由丈夫決定，當然，娶個有錢人家的小姐很快樂，嫁妝一卡車男人都有地方裝下它。

三、是身材不要高，女人高了肯定難嫁，我在日本留學時住過的女子學生寮中有好幾位個子較高的女生據說就一律沒有男朋友。女人個子高，那男人怎麼辦？難道還要他仰面承你鼻息嗎？高個子的男人對小個子的女人很欣賞，女人個子小，才小鳥依人。而小個子的男人見到高個子的女人實在怕怕。大陸電視名作「武則天」在日本有演，大人小孩都知道武則天脾氣大，愛發火。男人們更是私下覺得她還有一條大缺點，那就是個子肯定比較高大。他們看了劉曉慶的表演，覺得與真的武則天有點不一樣，說：「武則天的個子肯定比這姓劉的女人大！」

娶嫁標準三高三低，體現了日本社會中新與舊、保守與革新的衝突，反映出日本社會的方方面面，使我們對這個東方經濟強國的人情、風俗、社會觀念有了一個大致的勾勒。婚嫁觀念是社會政治、經濟、文化的反映，三高三低體現的其實是日本社會的深刻層面，所以，它是頗有意義的。

桂子小姐的故事

桂子小姐從來就不是個讀書的材料，她好不容易對付上完了高中，就死也不肯再進學校大門了，可鬼使神差似的，唯一她能得到的工作是到這家名牌大學圖書館做合同工，桂子年輕，手腳勤快，很討大家喜歡。桂子自己從來不讀書，但既然做了圖書館的工作人員，不愛讀書的她眼中看見的都是讀書人，日本又是個最講讀書的地方，書中自有黃金屋，書中自有顏如玉，是大家耳熟能詳的人生哲理。慢慢的，桂子小姐開始注意圖書館裡的男人們，她知道近水樓臺先得月，她應該利用自己工作之便，去為自己找一個男人，更具體的說，是找一個會唸書，能賺錢的丈夫。

桂子不指望相親能給她帶來好運氣，只有那些有錢人家的小姐才願意相親，像她這樣父親做工，辛苦一年也沒有多少進項，又無好學歷的女孩子相親是相不出什麼名堂來的。她擁護自由戀愛，自由戀愛才可能產生灰姑娘的奇蹟，她每一天，每一時刻都在等待奇蹟發生。

桂子小姐開始向男士進攻，她的眼睛不停的在進進出出，借書、還書、讀書的男人身上掃瞄，看準目標後再放電，有時一天放十多次電，回到她那租下的小屋時，渾身散了架般的疼痛，放電是很消耗精力的喔！可不放行嗎？桂子心想，作為一個人，她的前途已經看得清清楚楚，但作為一個女人，她還大有可為，女人有兩個人生職業，一個是她現在做的事，無非是糊口而已，另一個職業是嫁人，那是一生的事業，嫁得好就是找到了好職業，換男友就是換職業。

桂子小姐的一舉一動她的上司都看在眼裡，但他從來不說她，因為對男讀者放電就意味著桂子工作積極，每一個月都有一封讀者來信表揚桂子，上司微微一笑，神秘的看一眼花枝招展的桂子。

一晃兩年過去了，桂子小姐的放電頻率已不如從前，她不免有些灰心，覺得應該改變戰略，集中精力打殲滅戰……

桂子小姐決定瞄準一位男士集中放電，這位男士之所以成為桂子小姐的放電對象是他有點放浪於形骸，這種男人大概不會服從父母的安排去娶一位身世好、唸過大學的小姐。他是工學部的學生，學情報工學，也就是現在最吃香的電腦專業，馬上就要畢業了，工作的公司在奈良，那家公司的薪水肯定不會少。

桂子想集中放電，等他一赴奈良就隨他去，先幫他清理行李啦！做做飯啦！他會娶她的，桂子有經驗，一般男士畢業前心最空，既留戀即將逝去的學生生活，又害怕馬上就要到來的公司新鮮人生活，很容易投入女人懷抱，匆匆成婚，等到這些新鮮人工作了一段時間，可能桂子就高攀不上了。

那男士對桂子的放電果然有反應，桂子開始在他要借的書本裡夾放字條，很含蓄，有時是一首小詩，有時是一片剛摘下的小紅楓葉，有時是一幅桂子畫的小畫。男士來還書時，那些東西都不見了，表明他已收下，不然他會說，對不起，小姐，這是誰放在書裡的？桂子遇見過這樣的木頭男人，氣得她雙眼一翻說：「誰放的？我怎麼知道，你問我，我還要問你呢？」氣倒出了，但結果可想而知。

終於有一天，那是一個雨雪交加的夜晚，男士對桂子說，今晚一塊去喝酒好嗎？天氣真的很不好呢！桂子連忙望一下四周，很希望有人能聽見他的邀請，可偏偏周圍人都埋頭做自己的事，無人理會。桂子有些失望，忙大聲應道：「好哇！這種鬼天氣，是應該喝一杯呀！」

桂子慌慌張張的跑進休息室，又是補妝，又是給自己沖一杯濃濃的咖啡，她希望自己能看上去更有活力。

閉館的鈴聲一響，桂子就衝出了圖書館，她看見男士在夾竹桃下等她，因是冬天，夾竹桃無精打彩，男士倒是活潑的樣子，他撐著傘，桂子鑽在傘底下，努力的向他靠緊，男士說，你沒傘嗎？我怕有熟人看見我們親密的樣子。桂子有些失望，只好撐開了自己的小傘……

桂子和男士走進了一家名叫太和的小酒館，桂子掃一眼太和兩個大字在雨霧中一暗一明，覺得這個名叫太和的酒館沒有情調，果然一進去，煙霧繞繞，都是半大不小的男人，只有上了年紀的老板娘張著浮腫的眼泡招呼客人。

男士叫了酒，也叫了菜，桂子和他各據桌子的一方，彷彿中間隔了一條銀河似的疏遠。男士大口喝酒，大口吃菜，很像一個已有家室之累的男人瞞著家人在外放縱自己。桂子小心的用手帕捂著嘴吃，努力創造出淑女形象，他說，哎呀！真捨不得這南方的城市，連酒都比別處香哪！不知為什麼，男士居然滾出了熱淚，隔著滿桌的菜盤子，握住桂子的手說，南方的女人也好迷人，一去東京，女人就虛情假意了。

桂子咧開嘴，想笑，又不知該不該笑，只好不合時宜的嘆了口氣。酒喝到別的客人大都離去，老板娘也不再那麼殷勤時，男士才起身，桂子等他付好帳，一塊走出了太和。兩人站在門口，不知該往哪兒去，桂子自己用手抱著肩，儘管今天的一切都不如想像的浪漫，她還是不想就此回家，期待著底下發生的故事。

男士也不想回去，做學生的能有什麼吸引主人回去的家呢？但飯也吃過了，酒也喝過了，下一步應該是睡覺了。睡覺？想到這，男士定定神，望了幾眼橘黃燈光下的桂子，只見桂子在寒冷的夜風中抖縮著，頗有些楚楚動人或者說可憐。

他伸出手，握住了她的手，果斷的說，走，我們找一間房子吧！

一間房子？桂子心頭一震，她早已不是處女了，她的少女童貞在初三那年便稀裡糊塗的給了鄰家男孩，後來她家搬了，就再也沒有見過那個男孩，連他的模樣也記不真切了。從那以後，男人們好像忘記了桂子已是一個女人，再沒有人來打擾她了……

桂子和男士走進了離他們最近的一家情人旅館，這種旅館是按小時，甚至是分鐘付錢的，不需和櫃臺的人打交道，只要一按電腦就可以開啟房間，然後按時間付帳單，據說，日本擁有世界上數目最多，設備最好，最方便的情人旅館。桂子還是第一次來，心中既好奇又慌亂，她不知道自己為什麼一聲不吭的就跟著他來了，入了浴，又乖乖的躺在那張鋪著雪白床單卻有兩隻粉紅色枕頭的大床上了。

她只不過是想好好愛一個人，嫁一個人，為他操勞三餐，為他生兒育女。這位男士是她心目中符合條件的丈夫候選人，至於愛，那恐怕是結婚以後的事了。可是她為什麼要匆匆忙忙的跑到床上來，因為寂寞？倒不至於，她是想順從他，栓住他的心，如果她拒絕，她和他也許就止於今晚那一頓無聊的酒飯，彼此說一聲拜拜，以後天各一方，他畢業，遠走高飛，而她卻留下來，繼續做那個圖書館最低的合同工。

男士不說話，甚至不望她，如果不說話，男女之間的情事實在像一個好吃但太小的蛋糕，三下兩下就吃完了。也就是十多分鐘的事吧，桂子卻覺得自己老了好幾歲，男士直起身來，穿西裝，繫領帶，快畢業的大學生正在練習做一個社會人，他望了一眼床上的桂子，說，我先下去，在樓下等妳……

等桂子下樓，果然看見他在樓下，雨已經早停了，但他依然張著那把黑傘，她默默地走向他，心想自己在床上的樣子一定使他失望，桂子沒有胸部，也沒有臀部，這使她有些自卑，中學時代的桂子就停止了發育，她像一顆還未成熟就採摘下的果子，沒有達到它應有的輝煌。她本來設想的並不是這樣一種戀愛模式，她並不想上床，那不是她的優勢，可他一下子把她逼到了這一步，她有些氣憤，但什麼也說不出。

他說，謝謝，謝謝妳陪了我這麼長的時間，妳的時間一定十分寶貴吧！桂子笑了一下，他們就在樓下揮手說再見，地鐵已經停了，他招招手，叫一輛的士送她回家，把她送上車時，他拉了一下她的手，覺得那手有些汗津津的，與今晚的天氣全然不合。

桂子小姐後來嫁了人，她沒對他放過電，因為她根本就發不出電了，愛情也會老，她的愛情早被那男士一下摧老了，現在的夫君是她的頂頭上司，太太病逝，便向桂子求婚，桂子一口應允了，覺得從前的日子都是浪費，早知這樣，何必當初？愛情是最捉弄人的，桂子想，從此把往事徹底忘卻了。

醜女人的故事

醜女人是日本一所名大學圖書館的工作人員，出生於四十年代，用生不逢時這個垂頭喪氣的話來形容醜女人做為女人的人生，真是無比貼切，無比恰當。

俗話說青春十八無醜女，女人的青春就是美麗的代名詞。少女時代的醜女人相信也有幾分風情，但五十年代，正是日本男性真空時代，戰爭奪走了男人，小小的日本到處侵略，只要是個男人，戰爭時都被派上了戰場，日本女人比男人更憎恨戰爭，稱戰爭是失婚戰爭，男人出征，不得不與女人分離，戰死的更是永別。我曾研究過日本婦女史，發現戰後女人失婚真的十分嚇人，許多如今五、六十歲的日本女人都是獨身，大概都是時代造成的悲劇。

醜女人是大學師生給她送的綽號，一提起醜女人，人們就知道是她了。

她的確醜，五官像是上帝跟她開玩笑，全都放的不是地方，雙眼分得太開，幾乎要彼此害相思病。東方人卻長了一個西方人的大鼻子，那鼻頭還永遠紅通通的，彷彿是抹了胭脂助興。嘴巴卻出奇的小，小到讓人擔心她怎麼對付一日三餐，或許是需要特製的餐具才能配套？臉色又不好，黑呼呼的像是關東大漢，其實她從來都很少曬到太陽，只好大量抹粉，臉上皺紋太多，粉被隔成一道道的，使人想起了中國鄉下的梯田。

醜女人，就是這樣一副天生的讓人卻步的模樣。

那時，我做博士論文，一天倒有半天泡在圖書館，在一個非常隱蔽的地下資料室抄卡片，我記得自己抄了整整一箱卡片，來美國時，我不知道怎樣處置這些幫助我取得學位的令人感激又心酸的卡片，醜女人說我替你保存，她把卡片裝進一個講究的木箱中，上面貼了一張紙，用她龍飛鳳舞、堪稱上乘的日式書法寫下一行字：「夏小舟，好學之士也。孤身渡海求學，歷盡艱辛，現已學成，資料係辛苦集成，後學者可欣然使用。」

我留下了那一箱卡片，也留下了我對那暗無天日的地下書庫裡可憐的醜女人的感激，遙有思念。

每天都有兩三個鐘頭，我會到地下資料室去，那兒是古籍部，只有醜女人一個工作人員，一盞暗綠洋鐵架的檯燈和幾張笨重的梨木桌椅旁，醜女人坐著，好像一個沒有生機的道具擺在那兒。

我每天下午去，三點左右，醜女人就開始張羅茶點了，她用小泥壺沏出茶來，用盤子盛上幾塊日式茶點，說：「小舟，來，來談談天。」

我放下手上的工作，和她一塊喝茶，談天說地，如果我有一天沒去，醜女人就會打電話到我的研究室來，那聲音中含著無限的寂寞。

醜女人是圖書館系畢業的，她很有工作經驗，但據說太醜，脾氣又怪，與別人處不好，館長便把她安排在這冷落昏暗的地下書庫，讓她獨守著一架架舊得發黃的書。

「如果妳是一個男人，我也許會喜歡上妳呢，我喜歡脾氣好，有學問的人……」有一天，她突然這樣說，瘦削如峰的雙肩愉快的抖動起來，「可惜妳是一個女人，來我這找書的都是女人，好奇怪，我跟男人就是沒有緣份。」她說。

醜女人也渴望被男人愛呢！我的心溫柔地流露出同情，她生不逢時，又天生長得醜，工作又這麼單調和孤獨，一生就這麼流過去了。

「我曾經喜歡過一個男人，妳們文學部的教授，那時他還是剛從研究院畢業的助教，他每天都幾乎到我這來看書，我這個人長得醜，但我喜歡英俊的男人，他有一米七五以上吧，方臉，尖尖的下巴，雙眼如電，唉！我不說了，我再說妳就該猜到是誰了。他也像妳一樣，坐在同樣的位置上，那時我還年輕，討厭這兒的沉悶，我每天從院子裡採下鮮花精心的插上一瓶沒有流派、完全是我自己發揮的作品。我沖咖啡，六十年代咖啡流行在校園，有時放糖，但更多的時候就讓它苦澀著。

那時這兒沒有空調，夏天我為他打扇，冬天我灌好一個暖手袋，放在他冰冷的手中……

有一次，我幫他找他一直想要的一些資料，爬上高高的梯子，書庫就我一人，梯子沒支好，又沒有個人幫扶一把，我摔下來，膝蓋又紫又腫，那天外面下大雨，他打著一把傘來了，那傘尖放在地上，滴下一地的水，他要擦，我說隨它去，至少能讓我知道一點外面的風花雪月，他是學文學的，心很敏感，聽到我這話，彷彿有了些惻隱之心，又看我走路一跛一跛地，知道我是為他而受傷，他要我提起裙角讓他看看傷處，他在我的膝蓋上印了一個輕輕的吻……」，「僅此而已?」我笑了，環視這偌大的地下書庫，我在想大概還有什麼她沒有全說吧！

「僅此而已。可是這是我做為一個女人懂事以來第一個來自男人的吻，男人的疼愛。那天我激動得低聲啜泣，把他的手放在胸前，我說了好多好多遍，我愛你！」

他抽回了他的手，又坐到了你現在坐著的椅子上，那一天，他一直沒有抬頭看我，他打開書，但我沒見他翻動。我呢?不停地在一排排書架前走來走去，像一頭發情的動物，我咬著下唇，對自己說：「冷靜一點，趕快走到洗手間去，妳需要一面擦得錚亮的鏡子，再把燈全部打開，照照妳那一張醜臉，然後妳再走出來，看都不看他一眼，走出妳的夢境，妳就自由了……」

我走出洗手間，發現他已走了，書已放回書架，好像從來就沒有人來過這兒，只有地上那一灘雨水，提醒著我剛剛發生過的一幕。

後來我很少見到他，一晃幾十年過去，他做了教授，娶了漂亮的太太，生了可愛的孩子，我們的人生之路很不同，他好像永遠在明處，我好像永遠在暗處；他是天上的星星，我是地上的小草，灰姑娘和王子的故事只有小孩子才去相信。

只有一點，說到這，醜女人定定看著我，用手梳理著她剪得短短的灰白頭髮，「時光世人共有，我老了，他也逃不過，那天我看見他頂著和我一樣的灰白頭髮，我就說，我們平等了。」

後來，我在文學部的走廊上，碰見了那位氣質很優雅、舉動斯文的教授，我相信是他，他有一頭和醜女人一樣的歲月禮物。

惠子的故事

惠子全名叫原田惠子，一提起這原田姓氏，就很有些源頭源尾需要說明。

據說原田是劉邦家族的後裔，後來渡海跑到日本，這個說法頗有些讓人產生疑問，劉邦打敗了項羽，自己做了皇帝，他的後人自然是皇族了，既是皇族，又有什麼必要要跑到當時比中國落後的日本去呢？不過原田家族有族譜流傳，說得頭頭是道，也許還真的是中國血脈呢。

這原田惠子與別的普通女孩不同，她有些造反精神，或者叫叛逆性格，可惜日本反對黨和執政黨她爸媽都不讓她參加，但她依然做了個類似學生會主席之類的大官，曾代表大學去東京參加學聯大會。畢業後，因為學的專業是圖書館學，所以自然而然的到圖書館工作了。

圖書館的工作人員都是女人，但各級上司都是男人，惠子常因不服上司管教而聞名全館。但上司很快就放心了，惠子也像其它圖書館工作的小姐們一樣，心事都放在男人身上了。她負責一個名叫國際文化交流室的借閱和管理工作，專門給大學留學生服務，那時我也常去那讀報、看書，發現這位惠子小姐對我們這些女性外國留學生一概沒有興趣，但只要男士來，不管高矮肥瘦，一律歡迎。由於她的性別歧視實在太過份，女留學生們還集體寫信告了她一狀。

告狀也罷，面露不悅之色也罷，惠子小姐都不理不睬，她彷彿天生是為服務男人而來，一下子就和男留學生們打得火熱。不僅打得火熱，還愛得火熱。她對一位來自印度的男留學生有了感情，那印度人帶著三個小孩到日本留學，太太呢？有人說是死了，有人說離了婚，印度人自己只肯給個無可奉告的聳肩動作。三個小孩最大的也還不到六歲，一個個面黃肌瘦，見人先哭上一頓再說。

印度人是醫學部的，據說很優秀，但一看那三個小孩都在他懷裡、肩上哭喪個臉，就覺得印度人的日子肯定暗無天日……

惠子常跟人說她注定要嫁外國人，她才五歲時，她外婆就做了一個夢，夢見惠子遠嫁外國，夫婿是一位用手抓飯吃的人，日本人迷信，認定惠子日後會有一段與用手抓飯吃的男人的緣份，但惠子外婆認為緣歸緣，可以抗命，用手抓飯吃的人是嫁不得的。

印度人常來借書，與惠子熟了起來，有時他在實驗室工作晚了，惠子下班後就幫他接那三個鼻涕滿臉的小孩，有一次印度人留她吃飯，咖喱煮雞，除了惠子一個用筷子，那印度人和小孩都用手抓著吃。惠子心頭一震，眼淚滴在飯碗裡，心想就是他了，就是他了。

他是一個惠子生長的世界中的異數，惠子把他從頭研究到腳，發現上帝造人真耗盡心思。雖說都是人，但人與人卻是這樣的不同，這印度人皮膚漆黑，氣味又重，渾身毛茸茸的，但他對惠子很不錯，惠子與一般日本女孩子不同，她喜歡拋頭露面，自作主張，印度人對此很欣賞，鼓勵她多多自作主張，印度人心想只有自作主張才能不顧家人反對與他來往。

惠子真的和印度人好上了，每天到他那幫他做飯、洗衣、帶三個小孩，甚至夜裡也留宿他的家中，漸漸的，她也用手抓飯吃，還在櫃子裡翻出一條也許是印度人那去向不明的太太的沙麗，披在肩上去圖書館上班，害得那一天圖書館的日常工作差一點陷入癱瘓，因為幾乎每一位圖書館的女職工都跑來看惠子的怪模樣，或褒或貶，評論不休。

印度人很得意，一下子有了女朋友連帶廚師和孩子的保姆，他甚至跟導師說要留在日本發展，導師警告他不可胡思亂想，自作主張，一是因為日本和印度有約在先，學成後應當回國，二是留下來沒有前途，即使成了日本公民，有了執照行醫也不會有病人找他看病，一個怪模怪樣的印度人在日本人心目中簡直無法接受。

怎麼辦呢？只有惠子跟印度人走了，可惠子肯嗎？

印度人把婚後惠子必須跟他回印度的話跟惠子一說，惠子眼一紅，說：「我早就知道有這一天了，我跟你走，沒有別的辦法，這是命呀！」

不料惠子父母堅決反對，他們代替惠子遞上了辭職信，把惠子整天軟禁在家中不得與印度人見面，印度人拖著三個小孩在惠子家住所處徘徊，引來議論紛紛。晚上很晚了，印度人不肯離去，惠子父母只好叫來警察，印度人跟警察說明原委，警察說：「要是我的女兒這麼不聽話，我也會叫警察。」

據說惠子不吃不喝，堅強不屈，三個月後，父母把她放了出來，惠子嫁給了印度人，總算成就了一樁姻緣。婚後惠子沒有工作，一家人都靠印度人的獎學金生活，有人看見惠子在週三晚上跟著印度人去撿別人扔掉的傢俱和電器用品，惠子父母可憐女兒受苦，但又無奈，相信這是她前世欠了印度人的情，今世注定要來還的。

後來，印度人畢業回國，惠子也跟去了，歡送留學生畢業的送別宴上，老校長說有個留學生不光在日本取到學位，還娶了美麗的日本太太。印度人知道這是說他，掌聲拍得比別的人都響。

可不到一年，惠子就一個人返回了日本，承蒙館長開恩，又坐在圖書館了，但不再管國際交流室，而是編目錄，她剪了一頭齊耳根的短髮，在日語中這叫斷髮，表示要重新做人，有悔改之意。也表示過去魂不附體，現在斷髮招魂，好好過正常日子。

沒有人敢跟惠子提起印度人的事，一切都像一場夢，夢留在漆黑的夜，而現在卻是白天。

只是有一次，我聽新上任的主管留學生工作的野田先生說，惠子是個苦命的可憐的女人，那印度人是個壞男人，他的太太沒死，也沒離，只是得了病，不能陪他來日本罷了。惠子一到印度，沒有人承認她是印度人的太太，把她當女奴一樣用。

惠子真傻呀！野田先生說，望著惠子剃得和男人一樣的青青的後腦說：「等頭髮變成齊肩了，她就可以重新戀愛，嫁人了。」

雨霧

陳碧詩身邊晃盪著兩個男人，他們被她稱為男朋友，陳碧詩的朋友很多，男男女女都有，她當然認定這兩個人是頗有些特殊意義的。

一個姓張，叫達理。張達理體健，貌卻很平常，唯善辯，一辯起來彷彿天下人都要洗耳恭聽。

張達理是理財專家，儘管他把自己的財理得一塌糊塗，有一次還向陳碧詩伸手借錢補空子，但他學的的確是工商管理。

張達理在投資公司工作，手上有客戶成萬上億的錢，為了表示事業成功，張達理總是西裝革履，手上的公文包沉甸甸的。

張達理追求陳碧詩已有四、五年之久了，為了這不算短的追求，他中途錯過了好幾次漂亮小姐的求婚，為了他這份執著精神，陳碧詩就這麼和他拖拖拉拉的拖著。

陳碧詩心中的天平比較傾向於袁平——她身邊的影子似的男士。

袁平是工程師，不愛說話，個子矮小，比起張達理來，他太不起眼了。

可袁平會過日子，什麼時候去他的公寓都見他整整齊齊的家，他又溫柔又體貼，把陳碧詩侍候得像公主一樣。

袁平心中想的究竟是什麼，陳碧詩一點兒也不知道。

張達理心中在想什麼，陳碧詩一眼就猜出來了。

陳媽媽勸女兒把兩個男朋友都拋卻，理由是張達理太沒份量，大大咧咧的，沒有一點城府，很難成就大事業。袁平則城府太深，可打的都是小算盤，做工程師的人沒有什麼大出息，一輩子給別人打工罷了。

陳碧詩覺得有道理，她自己是執業醫生，又漂亮，又有本事，沒有理由非要找個男人，除非這男子非常優秀，至少要比她強。

她就這樣離開了張和袁，那年她二十七歲。

十年一覺揚州夢。

陳碧詩還是陳碧詩，只是當年的披肩秀髮挽了上去，在腦後做成了一個穩重的髮式。隨著從醫年頭的增長，她有了更多的信賴她的病人。

張達理和袁平都已結了婚，巧得很，他倆的太太都是陳碧詩的病人，她們分別由丈夫介紹，找到陳碧詩做她們的家庭醫生。

這是兩個很平常的女人，至少陳碧詩這樣評價著她們。陳碧詩慶幸自己當年聽從母親教導沒有下嫁，原來他倆也就是配和這樣凡俗的女人結成夫妻。

兩個女人都喜歡甚至信任陳碧詩，她們每次看病，都把心裡話說給她聽。心裡話大都是關於丈夫的壞話，張太太抱怨張先生稀裡糊塗，虧得他還是工商管理碩士呢！袁太太抱怨丈夫胸無大志，升級加薪都沒份。

陳碧詩輕聲笑笑，頗有耐心的傾聽，她想如果當年自己成了張太太或袁太太，她也會和她倆一樣，抓住任何一個人大吐苦水。

她一直未嫁，她既然沒挑中張先生，袁先生，後來遇見的男人甚至還不如他倆呢！她有一幢漂亮的洋房，一輛高級車和一條德國良種狗，她什麼也不缺。獨身帶來的孤寥竟神奇般的被兩位女人的訴苦驅散開來，她從她倆的抱怨中看到自己差一點攤到的命運，她為自己慶幸。

張先生和袁先生卻很少到她的診所來，偶然來看病，兩人都把胸膛挺起，西裝燙得筆筆挺挺，張先生一定拎著他的公文包，袁先生沒有公文包好拎，就提了一個大哥大，想添增一些神氣。

陳碧詩想笑，心想：先生們，別演戲了，你們的那些底牌，不翻我也有數哪！

又過了些年頭，陳碧詩開始有了白髮，需要去買染髮水了，這使她沮喪，歲月真是太不留情，一晃眼，美人遲暮，怎不叫人萬分傷感呢！

張太太袁太太依然來，但苦水變成了甜水，浸泡著陳碧詩那顆脆弱的心。

「哎呀呀！袁平他自己出來開了家公司，男人呀！非要到四五十歲了才有出息，他人也開朗了，風頭很健，自己做了老板，就是不一樣了。」袁太太喜氣洋洋的說。

張太太特意給陳碧詩帶了一本很著名的英文週刊，那上面有張先生的一張大照片，原來張先生已成了華爾街的新星，據說他撰寫了一本投資理論指導的書十分暢銷。張太太說：「我等了這麼些年，嗐！總算老天開眼，稀裡糊塗的老公成了人物啦！」張太太非要送一本刊有張先生大照片的期刊給陳碧詩。陳碧詩只好收下來，無論她從哪一個角度看，都躲不過昔日求婚者那一對頗有信心的眼睛。

陳碧詩只好把雜誌合上，往事卻一幕幕浮現眼前，她掀開診所的百葉窗，發現外面正在下起了濛濛細雨。

男人，哎！難道非要到一定的時候才成長起來，才能讓女人為他自豪、驕傲嗎？

究竟是男人本身就具有日後成材的素質，早晚要頂天立地，像那一棵棵蒼勁的古柏，鮮花早已在它腳下枯萎，而它卻一天比一天充滿生機？或者是女人培養了男人？不然為什麼會有年輕的女孩子心甘情願的充當第三者，想嫁那些屬於別的女人的男人？

男人，一定是被女人呵護成材的，那個女人接替了他母親的責任，守護他到生命的最後一程。

陳碧詩只想擁有一個成功的男人，可她卻不想擔負起呵護的責任。

世界上沒有免費的午餐供應，愛情與婚姻亦如此。你不去雕琢，就沒有那一塊傲人的玉。

恨不相逢未嫁時

譚幼青來美國一晃也有十多年了，仍是吃不慣美國菜，甚至住不慣美國的房子，只是嫁了一位美國丈夫，倒不見她抱怨過什麼。

美國丈夫一是幽默，二是勤快，但除了這兩點，實在很難再說出什麼。

因為嫁的是老美，譚幼青跟華人社區也就自然而然的脫節了，有時朋友聚會，譚幼青會找個理由推掉，但丈夫的應酬活動她也不愛參加，嫁了以後的譚幼青像電影中很輝煌過一陣的女主角被謀殺掉了似的，從此再也不能活躍在圖畫上，倒使觀眾都有幾份遺憾。

譚幼青是學物理出身，這曾經是個很了不得的專業，一個女孩子學這麼難懂的學科，人們都以為她一定很聰明。其實很不是這麼一回事。她父親也學物理的，希望女兒能和他同道，家裡又沒有男孩子，做為唯一的女兒，她彷彿責無旁貸。

到了美國發現物理已經過時，除了教書，很難找到合適的工作，而教書的位置又那麼難找，她背著父親，改換了電機工程，這是她第一次自作主張，她知道自己很平凡，必須隨著世俗潮流一塊向前奔。

快畢業時，現在的丈夫追求她，追得她有些招架不住，她覺得他並不是她心中一直幻想著白馬王子般的人物，但舉目四望，身邊多一個能吸引她的男人也沒有。於是，她在找到工作後，匆匆與他成婚。

婚禮是在教堂中舉行的，儀式看來很隆重，但她的心卻一點兒也沒感動，可也說不出什麼不滿意的。

夜裡，她睜著雙眼看身邊的丈夫，心中有些後悔自己的草率，好像愛啦，結婚啦應該是更嚴肅一些的事，可如今卻這麼輕描淡寫的把一切都完成了。

可是對於一個異鄉女人，還有什麼更轟轟烈烈的企盼呢？

到一家電腦公司任工程師，譚幼青成了一名職業婦女。

同事大都是男性，譚幼青是生產線上的工程師，沒有問題很清閒，一出情況深更半夜身上的傳呼器也會叫個不停，她一個急打挺，胡亂用手抓一把頭髮，匆匆就往公司趕。

和她同管一條生產線的工程師叫李繹良，因為同是華裔工程師，工作上她和他還算合作得不錯，有時生產線上出了故障，倆人索性用中文交談，也爭也吵，但總是很快就把問題解決了。

李繹良還是獨身，據說談了好幾個女朋友都不合適，他索性不急，一拖就拖了也有些年頭了。

有一天深夜，幼青又被呼到了公司現場，一條生產線出了故障，工人們無事可幹，都在一旁閒坐，主管也趕來了，這個月生產任務本來就很緊，現在又出了問題，主管急得直跳腳，責怪向譚幼青披頭蓋臉的打來了。

「養兵千日，用兵一時，生產線上的工程師就講究個現場效應，什麼時候都不能讓機器停下來！我早告訴你平日要多留心，多找出問題來，公司待你也不薄，每次都是你管的這條線出狀況，呼了你來，三四個鐘頭也理不出頭緒來，叫我怎好向上面交待？」

譚幼青的眼淚在眼眶裡滾了幾下，齊刷刷的就流了下來。她本來是學物理的，對理論還湊合，動手解決問題能力是不強，但為了保住飯碗，也只好硬著頭皮上，現在自己管的線出了問題，別人推還推不及呢，誰肯來幫她？

譚幼青忍住淚，在機器旁東轉西轉。她穿著只有兩隻眼睛露在外面的防菌服，雖說車間有冷氣，但還是急出了滿頭滿臉的汗。

主管不肯離去，跟在譚幼青身旁轉。

譚幼青覺得，主管兩道利劍般的目光直逼著她，她一陣昏眩，差一點倒了下去……

譚幼青知道，今晚她是非得讓機器動起來不可了。

不會有人來幫她，雖說這條生產線的工程師有她和李繹良倆人，但倆人有明確分工，今天是她管的方面出了故障，與李繹良沒有關係，平時她一個人時，也許還可以把李繹良呼來幫一把，可今天主管守鎮，她不敢這樣做。

時間一點點過去，譚幼青依然找不到頭緒，她想，就今天晚上自己這草包樣，主管肯定會解僱她，好不容易找到這工作，一旦失去，怎不讓人傷心呢？

譚幼青從機器旁抬起頭來，她終於想了一個主意，她決定把李繹良推出去當替罪羊，她覺得自己太可恥了，但為了保住飯碗，她譚幼青也只好做一回小人了。

「主管先生，其實今天下班前，我把機器有些不正常的情況向李博士提起過，這條線是我倆共管的，他有一定責任。我提醒他要注意，但他並沒有再做確認，現在雖說是我管的方面出了問題，也需要他配合一下，查一查他負責的部分才對，我估計他那部分有異常才影響到機器運轉不正常的，是不是馬上把他呼來？」

主管想了想，說：「既然他早已知道機器有不正常狀況，理應把情況搞清，把他呼來吧！」

不一會兒，譚幼青就看見李繹良進來了。她偷偷看他一眼，又望了一眼牆上的時鐘，午夜二時。

「繹良，我遇到麻煩了，只好狠心把你呼來，今天的事本與你無關，但我需要你幫一把。」

譚幼青說，她發現自己的上海普通話比平日更嗲。

李繹良用他的大手按了一下譚幼青的小手，表示他的關心，立即就彎下腰去，鑽到機器底下去了。

主管氣呼呼的站在一旁，一語不發。

李繹良在機器下一鑽就是一個多小時，他鑽出來後又跑上跑下到處找原因，直忙到早上九點多，機器才重新啟動。

這種高科技產品一塊集成電路就要賣好幾千美金，機器設備更是非常昂貴，生產線停開這麼多個鐘頭，損失慘重。

主管認定李繹良和譚幼青都負有責任，李繹良的責任似乎更重一些，他找李繹良來主管辦公室談話，劈頭就說：「譚博士跟你早已強調機器有故障苗頭，你為何不向我匯報並及時處理，以至拖了這麼長時間？」

李繹良大吃一驚，說了聲：「我並不知道這件事呀！如果早知道，我不會離開公司，會全力以赴排除故障。」

主管瞪了他一眼，說：「譚博士早已告訴了我，你不要抵賴了。」

李繹良沒吭聲，退出了主管室，他心裡好一陣難受，沒想到平日裡斯斯文文，對他很友好的譚幼青會是這種人。

他無言的坐在自己的辦公桌前，譚幼青離他的桌子很近，他見她張著一雙漆黑的大眼睛朝他這邊張望。

他曾經很喜歡這雙眼睛，喜歡她那樣向他張望，他甚至在內心深處愛過這對眼睛，他對這對眼睛在夢中說過，恨不相逢未嫁時，他想如果這對眼睛還是小姑獨處，他一定要把它擁到自己身邊，讓它真正屬於他。

他想在電腦上打一封申辯信，向主管說明情況，這一點不難，只要他把譚幼青叫過來，把一切都挑明。

他幫了她，她卻沒安好心。

可是，那結果會怎樣？他不忍心看見那一對可愛的眼睛從此陷入苦痛，她說來說去只是個弱女人，何必把她推出去，讓她被上司、同事看不起，甚至失去工作！

他決定不說，把一切都承擔下來，他生氣的在電腦屏幕上嘲笑自己，你愛她，所以你為她犧牲，你真傻呀！

事情發生後不到兩個月，李繹良就主動遞上辭職信，離開了這家公司。

他找到了另一家高科技公司，離原來的公司很近，理由是他不願意搬家。

朋友們都勸他要跳槽就跳遠一些，兩家公司那麼近，風言風語一下就會傳過去，可李繹良沒有聽朋友們的，他知道此舉不明智，可他沒辦法，他希望能看見譚幼青，他不想離她太遠。

真是不可思議！

她是有夫之婦，又以卑劣的手段把工作中的失誤推到他身上，可他還是對她有情有義，他告訴朋友說他恨她，說出那個恨字時，他心裡在滴血。

兩家公司是近鄰，中間隔著一條林蔭路，每天中午，兩家公司的人都很喜歡在吃過午飯之後在林蔭道下散步。李繹良不止一次在林蔭道上碰見了譚幼青，她一看見他，立即刷白了臉，慌忙就轉身離去了。

有一次，他倆又相遇了。

他用目光直逼著她，不讓她跑掉。她只好停下腳步，故意用手去攀一枝如傘的核桃樹。

「幼青，你對不起我，你真的很對不起我的一片心。」他說。

「我是錯了，我從小就愛傷害那些與自己最親近的人的心，我在外面膽小，但我對親人很放肆，大概是因為親人們縱容我，原諒我，愛護我吧。你知道，我不往你身上推又怎麼辦好呢？只有你會幫我擔起這一份責任來呀……」譚幼青說。

李繹良一下子被她的話擊中了，他對自己說，她是把我當親人哪，他的心感動起來，甚至想衝過去，把她擁在身邊……

從那一天起，他徹底原諒了她。

過了不久，李繹良到華盛頓DC出差，碰見了一位老同學，老同學也認識譚幼青，曾和她在同一位教授手下唸學位。

「你要小心她哦，她是一朵有毒的花，離她太近了，會被她傷害，她喜歡傷害對她好的人。」老同學說。

李繹良一楞，差一點抖落了手上的筷子，他忙問：「你怎麼知道？」

「她親口對我說的。」老同學說：「後來我自己也領教過了。」

從華盛頓回來後，李繹良再也不去那條林蔭道了，甚至考慮再換一家公司，走得遠遠的。

他在想，幸好他遇見她時，她已是羅敷自有夫，不然他一定會向她求婚。幸好相逢已嫁時。

愛情有價

我住在日本的時候，認識了譚先生和他的太太千草。譚先生是臺灣來的留學生，說一口很棒的日文，譚先生學的是工科專業，那時大概是博士三年級，快畢業了。譚先生個子中等，很精神，談笑風生，每次我去食堂吃飯，都看見譚先生坐在那大聲聊天，身邊跟著一群女孩子。他們說中文，當然了，因為那些女孩子也都是從臺灣來的。

其中有一位女孩子是藥學部的，什麼時候看見譚先生，就可以看見這位女孩子，有一段時間，我搬到大學的外國留學生宿舍住，那兒房租是日本政府貼補的，很便宜，但每一個人只有資格住一年。女生宿舍在一樓設有洗衣房，我在洗衣房碰見了藥學部的那位女孩，她說她叫秀萍，她一邊和我搭訕，一邊從洗衣機中撈出已甩乾好的衣服往一個粉紅色的塑料筐中放。衣服很多，又互相糾纏到一起，她吃力的彎下纖細的身子用力往外扯衣物，我見這情景，忙走上前去，幫她一把，她一見我湊上前，秀氣的臉竟然一下飛紅，忙擋住我，連連晃著手說：「不用，不用。」我對她的慌急有些不解，無意之中，在她的衣服堆中瞟了一眼，看見女人可愛玲瓏的衣物中儼然摻雜著一半以上的男人衣物，襯衣、短褲、襪子……

秀萍住在我的樓下，又是靠近樓梯的那一間，我每次上下樓，都常看見她進進出出，她的門永遠緊緊閉著，不像其它女生，大都敞開門，因為要到公共廚房做飯，何必把門關上自己給自己製造不便呢？

有一天夜已很深，我下樓去送一封信到郵筒裡，我習慣深夜寫作，一寫好就馬上放進郵筒投寄，走到秀萍的樓道時，看見一位男人鑽出來，我嚇得忙往旁邊一閃，心也呼呼的跳。是譚先生！

譚先生是有婦之夫，他的太太千草就是大學留學生辦公室的主管秘書。

大家都有點怕千草，她的口頭禪是：「你們外國人的事我都知道。」你不能反駁她，她一副知情人的樣子。有些臺灣留學生想申請獎學金，表一遞上千草就說話了：「拜託，莫要裝窮好不好？你能來日本留學，家裡就肯定替你積下了不少錢，何必硬要搶別人的湯水喝？留給真困難的同學，算你積德，來世有好報喲！」大陸同學畢了業想留下來找工作，理由是回國人家不重視他。千草聽了眼一瞪，說：「你少來這一套，你是兒嫌母醜，你的祖國老百姓勒緊腰帶送你留學，你小子有出息就翻臉不認人啦？你以為日本就看高你一眼呀！別做白日夢了！」

千草這些話一點也不像日本人說的，尤其是日本女人說的，硬的沒有餘地。

千草瘦，小雞似的脖子上偏偏戴了一大串中國製的項鏈，效果很糟糕，臉上皺紋一大把了，我猜她快五十了，最少也有四十出頭，而譚先生呢，二十八、九吧！他們沒小孩，大家說千草去看婦人科，想要個小孩，人家一聽她的年齡，就把她哄出來了。大家又說千草脾氣爆是更年期的典型表現，也有人說，什麼更年期？是譚先生枕邊跟老婆吹了邪風，告訴她不少內幕消息，所以她一副知情人的樣子。

譚先生娶千草也有一段故事，譚先生家不少人受日本教育，對日本很崇拜，譚先生很想留在日本，他說他的祖父一輩因為是日本統治，已日本化了，從心眼裡就覺得和日本挺親，娶個日本太太是順理成章的事，但要娶年輕漂亮的不那麼容易，譚先生快畢業了，去留成了一塊心病，惶急之中，想起了千草，千草是老姑娘，急於出嫁，譚先生天天去辦公室找千草糾纏，千草先是罵，後來就覺得有個小白臉在身邊晃來晃去倒也有趣，馬馬虎虎的千草就這樣做了精精明明的譚先生的太太。

婚後的譚先生一副神清氣爽的樣子，彷彿吃了顆定心丸，對自己的未來很有信心。千草工作多年，頗有積蓄，一到大學寒暑假就帶著譚先生周遊列國。譚先生又因為是有婦之夫，女孩子對他自然放鬆了警惕，覺得他有些學長的派頭，對新來乍到的學妹們頗為照顧。

譚先生也和女孩們聊起他的太太，那口吻便不相同，他說千草是母老虎，每次上床都請他欣賞豬排骨，他說他的床頭有一塊蓋頭布，是他的匠心和苦心，他每晚必請千草蓋上此布他才能安心而睡。女孩子們又害羞又想聽，結果是產生了對譚先生的百般同情和對千草的萬般憎恨。

沒有錢財之憂的譚先生一身名牌，出手大方，常請女孩子們去喝酒，吃飯或是唱卡拉OK，千草工作忙，很晚才能回家，反覺得冷落了丈夫好內疚。

譚先生說什麼是愛情，愛情是什麼？他只求前途有靠，可以永住日本，享受藍藍的天空，好吃的日本料理。女人實在算不了什麼，他去色情場所，什麼樣的女人他都碰過。

體會戀愛的滋味也很容易，那些學妹們天生就好像願意和他戀愛一場。風流倜儻的譚先生身邊不乏純情的女孩子。

沒有人告訴千草譚先生做下的好事，她是日本人，和中國人的圈子總有些區別，就是千草知道了大概也無妨，日本男人有誰肯安於室？所以譚先生搞得風生水起，千草那邊卻是波瀾不驚。

只是後來聽說秀萍沒完成學業就回國了，原因不詳，大家說起秀萍的離去都有些傷感和遺憾，每個人都在想起那位清純可愛的女孩子，譚先生的表情最為突出，倒使人想起了唐人白居易的琵琶行中的詩句：「座中泣下誰最多，江州司馬青衫濕。」

秀萍和譚先生也許真的相愛，但譚先生不會棄千草而娶秀萍，這愛情來得太早了一些，譚先生的日本籍還差兩年拿到呢，大家如是說。

嫁妝一牛車

古人討厭生女兒，原因之一是不想置嫁妝。把辛辛苦苦養大的女兒嫁給人家本來就吃了莫大的虧，居然還要破費錢財，自然是百般苦惱。我的母親是很要面子，很好強的人，她嫁女兒時，多多少少會陪嫁一些東西，但有實有虛。虛的是她會對親家強調說，我的女兒有一張博士文憑，雖然我們並不靠它養家糊口，但面子上的事都一律榮光的。接著她又抱出一床七、八斤重的老棉被來，鄭重其事地說，這床棉被是女兒從小喜歡的，也一併隨她嫁過去，睹物思人，意義很重大。親家不願拂老太太的美意，再說小倆口過日子，棉被總是需要的，所以結局還算歡歡喜喜。

據說韓國人嫁女兒就麻煩得多，嫁妝一牛車是基本水準。嫁妝少了，人家連美麗的新娘也懶得迎娶了。家聲的韓國女同事，三姐妹都在美國留學，受教育。乍一看，應該是家境殷實的好人家。但一細問，才知是她母親對付嫁妝的陰謀詭計，三個女兒在韓國出嫁需要三筆隆重的嫁妝，老太太不想把女兒變成賠錢貨，索性通通送到美國來，讓她們婚姻自主。如此一來老太太的三朵金花說不定反成了搖錢樹呢！

印度一如此例，嫁女兒要置辦隆重的嫁妝。在印度發財致富我看很簡單，生五、六個兒子就家財萬貫了。據說，印度男士對異國婚姻很不感興趣，他們只想要本國新嫁娘，道理很淺易，找個外國新娘，雙手空空就來了，這種吃虧的事，智商高一點的男人就不會去做，除非他被愛情衝昏了頭腦。

日本人婚嫁之事就麻煩得多，但總而言之是對男人比較有利。日本戰後男少女多，好些女人因此失婚。

如今五十多歲的男人，提起當年迎娶事，還會津津樂道地告訴你他如何以一個普通窮小子之身，娶來嬌好的新嫁娘，而那新嫁娘還帶來了多少父母的血汗錢，幫他成家立業，男人的一生輝煌，彷彿與嫁妝密不可分。只苦了女方父母，真是賠了夫人又折兵！

中國大陸近些年，經濟發展了，嫁妝之事也有了新的內容。我的母親嫁女兒時以老棉被搪塞，在那時也還算情理之中，因為早些年女兒出嫁的嫁妝大都是以床上用品為主調，什麼新疆全毛毛毯啦、湘繡、杭州絲綢被面啦！再就是廚房裡的鍋、碗、盤，也許還有一把精緻的筷子呢，可現在時代不同了，要電腦、要金器、要冷氣機。我母親看別人為嫁女兒忙得腳朝天，不禁竊竊慶賀她的女兒都已蒙混過關了。以如今的嫁妝規模，要求像我父母那樣的清貧人家如何擔待得起？然而，慶幸之餘又勾起了母親的心事，於是舊話重提，說的是，要是她當年生的是男孩，她就可以大大方方地吹著媳婦陪嫁的冷氣機製造出來的絲絲冷氣，在書桌前學習同樣是媳婦帶來的電腦了。

鄉下的事也變了很多。我下鄉的村子叫莫家村，那是一個吃了上頓沒下頓的山溝溝。鄉下的孩子沒吃過糖，那時我母親總要買上七八斤水果糖去鄉下看我時分給全村的孩子，所以我回城市時，鄉下的孩子說，甜姐姐走了。我離開後，村裡又來了一位男知青，他住在我住過的茅屋裡，想像著前任住客的美麗，女人被冠以甜字，總會給男人一些遐想的。

就在這個男人喝酒連下酒菜都沒有，用河裡的小卵石拌上鹽在鍋裡炒一下，邊喝酒（酒是自己釀製的蕃薯酒）邊吸一口小卵石的窮山村裡，女兒出嫁時一貧如洗的父母依然要盡心盡意地置辦嫁妝，或許是一只新臉盆，甚至只是一雙母親千納萬縫的新布鞋，便高高興興地走上婚嫁之路了。

鄉下貧苦農民的身世影響了我一生的生活，至今，我不掉一粒米飯，掉了也一定要拾起。我不戴過於貴重的飾物，只要鄉下有人來信求助，我手頭再緊也要寄錢寄物去，那時我在日本，鄉下有一位女孩要出嫁，據說男方認為女孩是山溝溝的，嫁到平原比較富的村子，就手一揮說：「不用置嫁妝了，知道你們村裡窮，雙手空空就過來吧！」鄉下人好面子，都覺得受了委曲。村裡老人說：「我們才不窮呢！我們在外國有親戚，小舟如今當教書先生了，她會幫菊香置嫁妝的！」我託一位遠方表哥寄去了北京城裡能買到的合適的東西，大概花了合兩百美元的樣子，送給菊香姑娘置嫁妝，據說全村人都很風光，為那一塊熱土上的父老鄉親做一點力所能及的事，我心歡悅。何況，我沒有女兒，兒子還才上小學，能有一次為她人做嫁衣裳的美事，也是我的福分呢！

借臺灣作家王禎和先生的小說名，《嫁妝一牛車》，拉拉雜雜地寫下一些雜感，覺得嫁妝對於我們來說，還是挺有趣的。

金錢與婚姻

我父母工作的大學有一位獨來獨往，天馬行空的教授，據說他十分有錢，他薪水一向很高，又有些家族遺產，還是一個慳吝得要命的小器鬼。我上小學時，他就快六十歲了，記憶中他倒是衣冠楚楚，笑容可掬。他一個人住所不小的房子，木板地，大窗戶，整天見他伏在案前寫呀！讀呀！他到食堂買飯菜，總是緊張兮兮，怕的是大師傅手一抖，就抖掉了本該掉在他碗裡的一塊肉甚至只是一根青菜。

他終身未婚，未婚的原因跟小器有關，他怕太太進門分用他的錢，跟他爭奪財政管理權，這是他一生都在提心吊膽的事。

曾經有一位剛畢業分來做助教的女教師願意下嫁他，女教師巧笑顧盼，說不上十分的美麗，但也算得上楚楚動人，女教師比他小了近十多歲，大家都認定他會被她衝昏頭腦，顧不上財經問題了。

不料，他問她月入幾何？一聽只是他的薪水的三分之一，他就拂袖而去，口口聲聲說：「這不公平，這不公平，我這麼多，你那麼少，很不公平！」

一些極其富有的人據說常因錢太多而躲避婚姻，一是怕對方謀自己的財產，二是大概也像那位教授一樣，覺得很不公平。富婆嫁富翁，公平則公平矣，可惜在這個世界哪有這麼遂心的事呢！

那位教授晚景淒涼，他守住了一大堆錢財，只可惜是「平生只恨聚無多，聚到多時眼閉了。」

在日本流傳著一個話題，說的是男人和女人是否會結婚，成為一家人，不是看雙方在肉體還是精神上擁有了對方，而是看雙方是否交換了銀行帳號和密碼。

他告訴我他的密碼了，心花怒放的女人知道這意味他將娶她，她便張羅起嫁妝來。

組成一個家，原來和財政會有這麼多的關連。

這使我迷惑不已。

我有一位女友，與那位因太有錢而放棄了婚姻的教授正好相反，她這些年來慌慌張張的靠攏婚姻，不為別的，為的正是她窘迫的經濟狀況。

這一點兒也不稀奇，女人或男人為一張飯票而走入婚姻是太陽底下最常見的事情。但我這位女友卻做得天衣無縫，她很坦蕩，明確告訴對方自己是為錢財與他同居，為什麼不呢？兩人合租一間房可以省水、省電、省房租，傢俱也可以少買，至於愛，她說還談不上，人首先必需活下去，愛才有所附麗。

她就這樣晃蕩了幾年，先後換了好幾位同居男友，這對於一個知識女性來說是一件令人難堪的事情，家人因不理解而與她疏遠。但是，個中辛酸，又有誰能知曉呢？

九七年，北京中級人民法院曾收到一樁國際案件，女原告人是一位非常富有的日本女人，大概五十多歲，男被告人是一位出身北京某名牌大學的高材生，他與太太同赴日本留學時，在一次很偶然的場合，結識了這位日本女人，日本女人告訴他她接受了丈夫死後遺留下來的一大筆遺產，此生肯定花不完，問他願不願意與她同居，但要先離婚。男青年思考再三，終於離開了本來相親相愛的太太，從此男青年動用日本女人的大筆錢花天酒地，並在北京搞了一些房地產投資。

男青年在日本和北京之間穿來往去，結識了一位航空小姐，他用金錢買下了航空小姐的愛情，並慷慨的把北京一套高級住宅送給航空小姐當定情禮物。日本女人到北京偶然想看一下她在北京的房地產投資，才發現男青年的金屋藏嬌，她一怒之下把男青年告上北京中級法庭，開庭時引來不少社會注目。男青年又委託律師反告日本女人破壞家庭罪，迫使他離婚投入她的懷抱。此案一直未能有結論，說穿了，不過是一些以金錢為目的的醜惡交易罷了。

人類還很幼稚，在愛情和婚姻上更是如此。

卷二　愛情路上三人行

上帝讓亞當和夏娃相愛，
從此愛情世界便形成了倆人世界，
愛情路上三人行，不是顯得太擁擠了嗎？
於是，多少怨恨，多少哀愁，
伴隨著這非理性的三人行……

愛情路上三人行

奧瑞和他的兩位太太

奧瑞先生我想現在應該是埃及開羅大學的副教授甚至更幸運一些，做了正教授了。奧瑞先生的臉長得頗有些像候賽因，這使得這位學工程的埃及人有了幾分政治家的詭譎，其實他最簡單不過，他買東西時對一切標有九十九塊，九角九分，九分九厘的商品都一律斥為囉嗦，通通給自作主張的變成一百塊，十塊，理由是，這個世界大家都爭分奪秒，為什麼要讓人多費腦神，他也不知道這是商人的詭計和天才發揮。

奧瑞先生是日本文部省（教育部）請到日本唸博士的，日本政府每月一號發給他一大包錢，那時又是日圓最風光的時候，奧瑞先生因此而生活水平超過小康人家。日本人對他這麼好，大概是希望埃及學界有日本培養的人才，不過奧瑞先生不很領情，他對日本持批評態度，矛頭是對準日本社會的男女問題，他罵日本人虛偽，好色，不負責任，他對一位日本男同學在色情酒吧與一女人上了床後揚長而去氣得發抖，說，你應該娶她，你一定要娶她！那位男同學翻翻白眼，也氣得發抖，說，我為什麼要娶她？一個酒吧女郎，再說我已有了女朋友，畢業後就要結婚，難道你要我背叛女朋友來娶她？男人逢場作戲很多呀！法律又不准娶兩個老婆！

奧瑞先生一下子急了，騰的一下跳起來，說：「愛她就要娶她，否則就是不道德，本人就有兩個老婆！」日本男同學一聽，羨慕得只有咂嘴的份。

奧瑞先生果真有兩個太太，一位在日本陪他，一位在埃及陪他媽。大家忙問他在家陪他媽的那位是不是有些心懷不滿？他說不會，兩個老婆輪著來日本，他做事向來公平。

奧瑞先生從此常給日本男人講一夫多妻的好處，總結下來，大致有以下幾點，一是鼓勵男人上進，有本事可以多娶，沒本事一個也娶不到。二是尊重女權，不許男人搞婚外情，不許男人不負責任……

奧瑞先生常說一夫多妻制會帶來社會穩定，家庭和諧，女人都喜歡結伴成群，婚後的女人尤其喜歡紮堆一塊東家長、西家短，如今卻被男人攬到門下，每日他的兩個太太一塊聊天，一塊購物，一塊做家務，一塊出去做工，人多力量大，日子過得很紅火。比如說他來日本留學，放心不下家中年事已高的母親，幸好有兩個老婆，不然心掛兩頭。又說兩位太太各有千秋，一位精於內政，一位長於外務，他又天生有領導天才，所以家中井然有秩序，又因為他有兩位太太，從此對外面的花花世界根本不動心。不像日本男人，整天在外與別的女人鬼混，太太只是名義上的妻子，這種婚姻制度沒有什麼可取之處。

我告訴奧瑞先生，中國曾經施行了幾千年的多妻制，結果看來很糟糕，因為愛情必須專一，男女雙方都希望擁有對方的全部情感，妻妾成群違背人性，對於女人很不公平。奧瑞先生認為中國幾千年的多妻制並不糟糕，關鍵的問題是中國人的多妻制度中有妻妾之分，把太太們分了等級，不能公平對待，一視同仁。丈夫又不能一碗水端平，常常喜歡這個，冷落那個。我問他難道你們國家要好幾個太太的丈夫不是這樣嗎？他說那當然，你看見過父親的偏心嗎？那一個孩子不是他的最愛？我對太太也一樣，覺得她倆各有千秋，我對她倆都很疼愛。鬧了半天，太太在奧瑞先生心目中，就好像是他的孩子，這個理論倒很新鮮。

我又問奧瑞先生，你的太太對另一位太太生的孩子能接受嗎？不厚此薄彼嗎？他說也不會呀！一位太太盡生男孩，一位太太只生女孩，她倆覺得幸好都嫁了同一位丈夫，不然她倆的人生就有些缺憾了。

奧瑞先生說阿拉伯國家不像日本有那麼多色情場所，也不像日本男人不愛回家，更不像香港、臺灣男人偷娶二奶，他們的男人很守規矩，很愛家，很專情，他們一下班就往家趕路，因為家裡的世界比外面的世界精彩。

奧瑞在日本住了快五年，前兩年是長得高一些的太太來陪他，後兩年是長得矮一點的太太來陪他。最後半年，兩位太太都來了。高太太和矮太太都帶著頭巾，穿著別緻的拖鞋，腳趾頭可愛的裸露著，上面抹著腥色的寇丹，兩位太太都肥白如瓠，翹著嘴角微笑。

那時，奧瑞先生正在做博士論文答辯的最後衝刺，忙得焦頭爛額，每日早出晚歸，少有空暇陪太太，兩個太太枯坐無味，和附近的日本婦人會的人交流起來，常去公民館跟日本太太一道學編織，學烹調，也學日文。

日本太太們很感興趣她倆的家庭生活，追問得很細致，大到財務管理，小到床笫之事，無一不在調查範圍之內。

原來高太太和奧瑞先生是從小青梅竹馬的鄰居，大了自然願意嫁他。後來，奧瑞又愛上了自己的大學同學，按他們的宗教信仰，奧瑞就把矮太太也收羅進門，那時奧瑞和矮太太常在飯桌上談論大學的事情，高太太插不上嘴，夜裡，也只往矮太太房裡鑽。高太太忍了半年之久，終於一氣之下捲起鋪蓋回了娘家。

高太太一走，奧瑞先生慌得像熱鍋上的螞蟻，長輩訓斥，鄰人唾棄，連大學的師長也天天在上課時趁機對他冷嘲熱諷，每天回家，街頭巷尾有小孩子對他做鬼臉，想必是幕後有人操縱。週日去寺廟，阿訇講經的矛頭居然也對準他，他走投無路，只好帶著厚禮，與矮太太親自上門接高太太回家。

「群眾的眼光是雪亮的！」高太太說，瞟了一眼身旁的矮太太，矮太太略略低下頭，撫著衣角說：「是不妥當呀！我早就怕出事，愛一個，冷落一個，阿訇要罵人的！」

宗教的力量在男人和女人的關係上是很有影響力的。和尚不娶，是因為佛教教義上要他把女人想像成枯骨，臭皮囊，既是這樣，對女人的愛慕和渴望也就自然而然的抑止了。而阿拉伯國家的多妻制也是建立在宗教約束上的，奧瑞先生和他的太太們能夠和平相處，其實也是受到宗教的影響。

據說奧瑞先生又準備迎娶第三位太太，他按規定可以娶五位，名額綽綽有餘哪！

三人行

有三個人，常常形影不離。

莫成和他的太太陳英，說不上好，也說不上不好，清官難斷家務事。莫成是會計師，陳英是房地產經紀人，沒有孩子，也學洋人去中國大陸領養了一個女孩，陳英很忙，又沒生育過，頗有些措手無策。

莫成說在中文報上登個廣告吧，管吃、管住，每月我們再付一些薪水。

廣告登出一個多月，仍無人上門，莫成就去報社說要取消廣告，登也是白登。不料他剛回家，就看見一位清清瘦瘦的女客人正與陳英坐在沙發上有一搭無一搭的聊天，那女客人手上拿著一張刊他家廣告的報紙。

莫成聽陳英介紹說，這是前來應徵的保姆，名叫何琴，是越南華僑，有些經驗。接著陳英又把莫成叫到一旁，壓低聲音說：「怪可憐的，她丈夫車禍去世不到一年，孩子鬼使神差的也在丈夫車上摔死，她孤家寡人的，看來原先家境不錯，教養蠻好的，雖說丈夫在時她是在家相夫教子做太太，但帶小孩總還是有經驗的，人看上去也算本份。」

莫成聽陳英這話，知道她自己主意已定，陳英向來在家中說話算話，莫成便順水推舟說好哇！

莫成走進主人屋，倒在床上望著天花板，聽客廳中兩個女人在叨叨絮絮的講東講西，陳英的聲音急促而高，何琴的聲音低而小，也難怪，雖說是現代社會，不講主僕關係了，但在別人家幫帶小孩，總還是寄人籬下吧，想到這莫成不禁想起魯迅的小說《祝福》來了，那祥林嫂很能幹，也聽話，但魯四老爺一聽她是寡婦，唯一的兒子阿毛又被狼叼了去時，還是皺了皺眉頭，嫌祥林嫂命苦，怕把霉氣帶進家來。

這個何琴命也苦，莫成想想，起身到客廳去參加女人們的談話，他細細的打量起何琴來，覺得這個女人清麗淒怨，楚楚可憐。

他不像魯四老爺皺皺眉，而是笑著說：「什麼時候上班？啊？」

何琴在莫家安頓下來，莫家有五居室三浴，四千多呎，倒也不顯得擁擠，何琴說她先前也有屋，但丈夫去世後，她一個人很難承擔每月還貸款，一個人冷冷清清也頗覺傷心，現在來到莫家，每日帶小孩，料理三餐，忙是忙，心情可以放鬆。

話是這麼說，細心的莫成還是有好幾次起床入廁時，聽見何琴的房子裡有動靜，是女人抽泣的聲音吧！

陳英近來氣色很好，這座小城忽然來了好幾家高科技公司，有不少是華人工程師，他們都樂意找陳英看房買房，幾個月下來就做成了好幾筆生意。

陳英接到母親的越洋電話，說她父親病重，陳英是孝女，忙不迭的慌慌張張訂下機票，飛回國探親，原計劃只住兩週就回來，誰知父親一病不起，說去就去了。陳英按下滿心的悲痛，幫助母親和兄弟們料理喪事，她原來每三天會跟莫成通一次電話，莫成都催她趕快回來，陳英放下電話滿心不悅，心想這人太不懂事，我娘家出了這麼大的事，你不聞不問倒也罷了，反而一個勁催我回來。陳英一賭氣，索性連電話也不打了，安安心心在娘家住下來，一晃就是八、九個月了。

莫成和何琴孤男寡女的，頗有些惺惺惜惺惺，莫成找別人訴苦，人們都沒耐心聽，就是假裝耐心聽了，最後也只說上一句：「陳英不容易呀！生離死別，父恩重於山哪！」

莫成想，人固有一死，老婆一去不歸，是重死者輕生者，成何道理！家裡幸好有何琴料理，他是從小嬌生慣養的獨生子，婚前有媽媽，婚後有太太，如今陳英不管他了，他靠誰去？自然是何琴了。

慢慢的，他和何琴無話不談，把對陳英的不滿通通往何琴耳朵中灌。

何琴靜靜的聽，表示對莫成的同情，她的每一句安慰的話，都使莫成感到無限的安慰。

莫成覺得陳英不在的日子其實很好，何琴天性安靜，做了一輩子家庭主婦的她，每一個眼神都傳遞出家的溫情和安定。陳英好強，哪裡把他的話認真多聽一下，何琴又是家中僱的保姆，莫成自有一種主人的感覺。

莫成一輩子沒敢叫人做什麼，不做什麼，而在何琴面前，他卻突然成長了，一回家就檢查何琴的工作，早上出門又把何琴一日要做的事情佈置給她。莫成心想，難怪男人們都想當老板，最野心的人還想當總統呢？原來感覺真的很好。

他開始害怕陳英回來，她一回來，這種駕馭別人的特權就被她搶去了，她會把莫成又變成從前的莫成，她原比他能幹得多。

莫成自認為自己是個正經男人，他一看見男人背著太太在外尋花問柳就一律斥為無聊，但陳英離家第十個月時，他也居然無聊起來，他鑽進何琴的房間，稀裡糊塗的就和她有了一段私情。這該死的私情一下子改變了他好不容易樹立起來的家庭中的威信，從此，何琴看他怪怪的，一天比一天不服管教，彷彿變了個人，氣焰囂張，一想到這個氣焰囂張的何琴，莫成就覺得洩氣。

「唯女子與小人為難養也。」莫成想起孔老夫子的教導，後悔自己對女人了解不夠。忙從書架上翻出蒙塵已久的《論語》，那是他二十多年前讀過的，想再找出孔夫子多一些關於防範女人的教導，可翻了半天，也沒找出第二條。倒是見何琴大剌剌的自己在餐桌上吃苦瓜釀肉，也不叫他，莫成自己找了碗筷，悻悻坐下來吃，小心的選擇詞句想諷刺一下何琴。

「你先前是條苦瓜，現在釀了肉，就內容豐富了……」莫成說。

「什麼話？」何琴一推椅子，站了起來：「太太回來我怎麼有臉見她？你害得我一不小心和你做下那種事，我怎好見人？」

莫成只敢低頭扒飯，好一會才伸筷子夾了一截苦瓜釀肉，說是不好見人哪！

陳英打了個越洋電話來，說是還有十天半月就要回來，看來她情緒還不錯，臨放電話前，還跟莫成開一個似真似假的玩笑。

「我離開這麼久，沒和玟鈴約會吧？」

莫成抓腮頓腳的表示冤枉，放下電話後他卻浮起一絲暗笑。玟鈴是他的同事，一個見男人就眼睛放光的女人，陳英常懷疑莫成對她有意，其實莫成跟她不光沒任何事，兩人在辦公室還是死對頭。莫成人生哲理不多，但有一條已堅信不疑的執行了三、四年，那就是凡是玟鈴擁護的他一定反對，凡是玟鈴反對的他一定擁護，有了這兩個凡是政策，男女之情早就拋到腦後去，他早忘記玟鈴還是女人，有一次和玟鈴又鬧不快，兩人都氣得朝廁所跑，玟鈴一拐彎進了女廁，他才想起她和他不一樣，原來是個女人。

可陳英就是不放心，理由是玟鈴那女人饑不擇食，就連莫成這樣沒出息的男人在她眼裡也有勾引價值。

她為什麼沒想到何琴呢？莫成朝屋內望望，怕何琴聽見陳英的電話。

他手忙腳亂的在家裡亂轉，有好幾個月了，他和何琴是住在一個屋子裡，莫說留下讓陳英懷疑的蛛絲馬跡，就是一看那枕頭、被子、避孕工具就可以抓個正著。

莫成正慌著，何琴進來了，看都不看他一眼，說，慌什麼？既做出那事，就要有膽子承擔呀！她三下兩下就把莫成的用品拿出了她的房間，莫成見她氣呼呼的兇樣子，心想我這人是怎麼回事呢？女人一沾上我就變得母老虎似的兇，何琴原來多溫柔。連那陳英也是，剛和她在戀愛時，陳英連望他都不好意思，後來兩人悄悄做了那事，陳英就像打勝了仗的將軍神氣活現起來，難道是自己床上功夫不好讓女人看不起嗎？又好像不是，莫成不笨，他對自己很有信心。

那究竟是為了什麼呢？莫成百思不得其解……

莫成帶著對女人的疑問和不解，向一位老友討教，三杯啤酒下肚，老友就打開了話匣子：「我說老弟呀！你不知道這女人原比男人聰明、能幹、狡猾。夏娃犯了錯誤，上帝就罰她生兒育女，苦勞辛難，要她服從男人。女人兇著哪！你和她有了那種事兒，她就看破了你，既看破了你，她就要挾你，欺負你！」那怎麼辦呢？莫成急出了一頭汗。

你不理她們，把她們冷落一邊，她見你神秘莫測，自然服了你。真正的偉人都把身邊的女人掃除乾乾淨淨，毛澤東是被江青搞壞的，林彪是被葉群鬧的，連柯林頓也被女人弄得不安寧。你一個女人還對付不了，又添一個情婦，還不是自作自受呀！有道理！莫成謝了老友，信心百倍的回到家中。

那一夜，他沒去找何琴，她光著腳跑進他屋裡，像小貓一樣朝他床上爬，他一把推開她，不耐煩的說，去！去！

何琴氣了，說，陳英要回，你就裝正經了，你真壞呀！

莫成不理她，故意打起了呼嚕聲。

陳英回來了，人瘦了一圈，倒顯得更精神，漂亮。說起逝去的老父，她哭得雙眼紅腫，要是過去莫成肯定會百般勸慰，可莫成這次只說一句：「親戚或餘悲，他人亦已歌，死去何所道，托體同山阿」。陳英看他一眼，本想訓斥一頓，但見他面容嚴肅，說的又很有哲理，心想士別三日，刮目相看了。

陳英又發現他不像過去一樣纏她，她不要求，他絕對不碰她，碰她時也是施捨般的，她說，莫成，你怕是有別的情人了吧，我走了這麼久，你能不偷偷摸摸？莫成說躲都躲不及，還去沾她們？他驚訝於自己的理直氣壯，好像他真的很正經一樣，和何琴那一段情，他真的想忘掉，就好像從來沒有發生似的……

陳英覺得莫成換了一個人似的，既有些胸有成竹的老成，又有些神秘莫測的仙氣，對她不冷、不熱、不厚、不薄，她再也不敢像過去一樣對他發號施令，彷彿是面對一個覺醒了的民族，不能等閒視之。

莫成還是那個莫成，薪水沒漲，職位未昇，但陳英覺得不能不尊重他了。她和他之間彷彿有了一層看不透的膜，使得她不能知道他究竟有了什麼新的內容，這種不知曉換來了她的好奇，她有了一種新鮮的感覺，好像又回到了剛和他戀愛時的階段，每天揣摩著他的一切。戀愛和追求的感覺和結了婚的感覺就是不一樣，陳英不願讓他看見她的缺點了，她又成了一個清純的女孩模樣，儘管十有八九是裝出來的，但是莫成暗中竊喜，希望她最好一輩子裝下去。

朋友都說：「陳英和莫成相敬如賓」，他倆聽了十分得意，準備一直相敬如賓下去。

何琴一直懼怕陳英，和莫成有了私情後她心裡開始瞧不上陳英，覺得她沒有魅力，才使丈夫往別的女人懷裡鑽。陳英剛回來的那一段時間，她看陳英的目光頗有些怪怪的，嘴角也泛起不經意的淺笑。

對莫成她有些怨恨，有一次趁陳英不在家，她又來找莫成，哭著說：「我們的事真是水過無痕，你倒沒事人一樣了。我多委曲！原指望你多疼我一點，你又是這副樣子！」

莫成說：「我認錯，我也有糊塗的時候，我在想幸好我抽身早，不然又是陳英，又是你，叫我如何應付？你也不用要挾我，你願意可以去找陳英說，大不了大家鬧一場，都沒趣罷了。我從此改邪歸正，你要熬不住可以離開我家，你願意就留下來，我不想跟兩個女人周旋，那會累死我！」

何琴三個月後辭了工，陳英也不幹經紀人的事了，專心在家帶小孩，相夫教子。因為收入減少，房子換小了。陳英有些傷心，莫成卻很高興，覺得陳英現在真正是他的女人了。

海棠依舊

董竹君是一家醫院的護士，有人誇她長得像唐代美人，又有人說她像某一位已逝去多年的電影明星，像不像董竹君不知道，她是個資深的護士，拿手的工作是幫人扎血管，多難扎的血管她也能一針見血。工作勤快，技術又好，跟誰都處得來，但長薪提級卻沒有她的份，不為別的，就為她是別人的情婦，而這別人又不是別人，正是這家醫院的副院長，外科主任醫生方鴻明。

醫院是合股制的私人診所，方鴻明原在一家軍隊醫院做事，做了幾年翅膀硬了，便和同事王大林一合計，兩人拿出自己多年的積蓄，又向銀行貸下款來，開了這家醫院。方鴻明和王大林都是很不錯的醫生，但行政管理他倆都不在行，請旁人管吧，薪水多寡倒是小事，關鍵是信不過。合計來，合計去。方鴻明說讓我太太來吧，她閒著也是閒著，她人不笨，就是嘴碎一點，王大林想了想，覺得自己的太太嘴更碎，於是點點頭說好吧！

方太太旋風般的來了，從此每日坐鎮診所，既是秘書，又是財會，亮著一副大嗓門，在診所的每一個角落展示著女權。

董竹君是王大林找來的，她和王太太是拐彎抹角的親戚。方太太第一眼見著她就皺起了眉頭，嫌她皮膚太白，眼睛太水氣，走路像蛇行，但半年試用下來，發現董竹君很稱職，這年頭找個能幹的護士也不容易，所以儘管方太太還是心存芥蒂，但方王兩人都護著她，方太太找王大林的太太商量，說是診所用未婚護士小姐總有些招搖，何況又那麼漂亮。王太太的小女兒正滿頭大汗的埋頭喝牛奶，一不小心把牛奶打翻在地，殺也似的大哭起來，王太太在她頭頂上拍了一巴掌，待哭聲響得更嘹亮時才傾過身來回答方太太的話：「哦，哦，那你說怎麼辦？不找年輕的找我和你這樣的怎麼做得動？何況我倆又不會這一行，只好由她去了！」

方太太暗中橫了王太太一眼，心想這王太太真配不上王大林，又沒長像，又沒心眼……

方太太在診所放了好幾盆闊葉海棠，精心照料著，這海棠一年四季都垂著粉紅色的花朵兒，誰進診所都愛看它一眼，說：「好精神的花朵呀！」只有董竹君不說，方太太想，美人如花，她一定是在嫉妒呢！方太太越發給花上肥，一門心事都在花身上了。有一天，方醫生也在忙中偷閒的看花，忽然有了一點哲學思想，感慨的說：「我看商店裡剪下來賣的花兒，再撐不過一星期去，可這海棠多精神，它大概也像荷花，一摘下來想擁為己有就不好了，連玫瑰都可以插花，海棠就不行，它蠻有骨氣的呢！」

方太太說：「我沒骨氣，我要有骨氣就不嫁你了，俗話說，吃不著的東西是香的。」方醫生垂下頭去，不吭聲了。心頭卻猛地一震，手上的病歷本掉落下來，散了一地。

「我也是俗人。」方醫生彎下腰去，拾起滿地的病歷，他看見方太太也在急急的撿，他抬起頭時，正好方太太在定定看著他，說了聲：「說這有何用？」她努努嘴，示意他桌上的熱茶已泡好，方醫生捧過茶，徑直走開了，他知道方太太正在背後看著他，他覺得此時此景倒像陸龜蒙的薔薇詩中所言：「外佈芳菲雖笑目，中含芒刺欲傷人。」真是芒刺在背了。

董竹君是怎樣和他有了一段情的，連他自己也說不清，好像是從他看見她的第一眼時就覺察到他和她會有一段即將上演的人生話劇，他在本能的抗爭著，他不想陷下去。

和方太太結婚已有二十多年了，他們沒有生育，連一次失敗的懷孕也沒有。相處久了的夫妻就像人的鼻子和空氣的接觸一樣，麻木到感覺不到它的存在，但一旦失去它，竟連活下去的可能也會喪失了。做為一個收入高社會地位也很不錯的醫生，這些年來女人的誘惑當然不少，但他都讓它淡淡流過去了，有時他會嘲笑自己膽子太小，他又不是舊時代的女人，還講究什麼從一而終呢，終於，他在董竹君面前瓦解了……

董竹君不像他過去碰見過的女人，讓人一眼看穿她愛你或是恨你，她有些漫不經心，但骨子裡卻是老成的，就憑她敢在方太太眼皮底下和他暗渡陳倉，不卑不亢，讓方太太氣不得，恨不得，只好把一腔委曲放在心裡。方太太是個火爆脾氣的女人，彷彿也被董竹君感染了似的，也變得有些城府了。明明知道丈夫和董竹君有一段情，她卻含著淚硬是把這事忍了下來。

那一晚撞見丈夫和董竹君在醫院那張診察臺上扭成一團的時候，方太太覺得頭已炸開，眼底忽然生出一個大洞，洞中又竄出一股狂風把她整個人吸了進去。她用力叫了起來，把那間小屋變成了一個爆炸後的火藥桶似的遍地狼藉。方鴻明立即衝了出去，可以聽見他把汽車一遍遍啟動又一遍遍熄火。方太太獨自走進自己的辦公室伏在桌上大哭起來……

哭了好一會，聽見外面一片寂靜，方鴻明的車終於開走了，她猛一抬頭，見董竹君坐在她面前，雙手垂落著，像個乖乖的小學生，而眼睛卻大膽的迎著她的目光，一字一句的說：「方太太，你應該生氣的，放在我處在你的地位也會氣。可我有幾句話告訴你，第一，我不會搶佔你的位置，我想一輩子獨身，這是我個人的事，你不必問為什麼。第二，方醫生是被我拖下水的，你不要怪他。第三，我發現方醫生很看重你和他的幾十年情份，這樣的男人世上不多，你要珍惜。」

方太太一語不發，董竹君也嘎然而止，飄也似的走了。

那以後，三個人之間像有了默契，誰也不願把這層窗戶紙點破。方太太做主，長薪提級都不給董竹君，目的當然是希望她走。但要解僱她，方太太又做不出，她這個人是刀子嘴豆腐心，覺得董竹君的人生竟也可憐。

只有那盆海棠花開得一年比一年好，時光不饒人哪，漸漸的，來診所的人都發現美麗的董竹君小姐到底也拼不過時光，荒涼的皺紋爬了上來，眼睛也不再流動……

只有海棠依舊。

女理髮師殺人案件

那時我住在日本南部大都市福岡，福岡有山有海，富甲日本，特別是人情遠較東京、大阪等城市淳樸，很少有惡性事件發生。那時，我在研究室讀書至深夜，常一個人穿過大學農學部的桑園回家，一邊走一邊拍拍手，據說是晚上有鬼魂出來，一聽拍手聲就跑了。

我住福岡那麼些年裡，只發生了幾樁案件，而每一案件都基本上與男女情愛有關，其中最大的案件是女理髮師殺人事件。那時，我們每天早上第一件事是開電視聽新聞，翻報紙看報導，不到數月，轟動日本的女理髮師殺人案便偵破了。福岡市的衛星城市有一對老夫妻，他們有一位美麗孝順的女兒，芳齡二十九歲尚未出嫁，在福岡一家高級理髮廳工作，是一級理髮師。她曾在全日本理髮比賽中榮獲冠軍，所以薪水很不錯。女理髮師獨自在福岡市的中心地帶的豪華公寓中租有一套公寓，她幾乎每天都與父母通電話，週末一定回家探望老人。

盛夏季節，女理髮師有一週末與家中聯繫，父母趕到公寓，發現一切如常，但女兒不知去向，他們立即向福岡警視廳報案。老人報案後的第二天，警視廳就接到福岡各地發來的一則消息，當時並不知道這些消息是否與理髮師案有關。有人在博多地鐵站的貯物櫃中發現一隻手，櫃子鎖了一週多，臭味難掩，地鐵站職工打開貯物櫃才發現這隻斷手臂，立即報警。也有人在另一車站發現一隻腳，被塞在車站垃圾箱中。

接著，沿著福岡通往各地去的高速公路旁，陸續發現了屍體殘塊，有的只有一個部位，警視廳把發現的屍體殘塊全部集中，得出了它們屬於同一具女屍的結論。

這個女屍與老人失蹤的女兒是同一個人，警視廳向全市人民公佈了第一個偵破消息……

警視廳立即赴那女理髮師生前工作過的理髮店展開詳盡調查。

理髮店的店長是一位四十多歲的女士，她家住福岡的衛星城市，已婚，有一兒一女，家境富裕，電視畫面上，女店長相貌平常，但很精明，能幹，她說女理髮師技術好，人又漂亮，很受客人喜愛，為店裡帶來不少生意。

店裡還有六七位年輕的女理髮師，她們盛讚女理髮師的人品，說她人際關係甚好，但在失蹤之前，曾表情憂鬱，像有心事的樣子。

警視廳開始對理髮店來往的客人進行調查，發現一位男客人是理髮店的常客，於是，偵破重點轉移到了此人身上。

警視廳發現，早在他們對這個男客人展開調查之前，大概有一年之久了，曾有一家私人偵探公司也一直在跟蹤此人，警視廳找到這家私人偵探公司，經過多次協商，私人公司才提供出要求他們調查這位男士的委託人是那家理髮店的店長，調查的中心是關於這位男客人與女理髮師的個人交往。

為什麼女店長要調查此事？

女店長對警視廳申辯說，理髮師與客人的關係是業務關係。

女理髮師的個人行為使她產生懷疑，所以她要調查此事，她聽說女理髮師很快就要到另一家理髮店工作，女理髮師已向客人私下宣佈此事，並給他們新店的地址，這是違背行規的，她個人可以走，但不能帶走本店的客戶。

案情沒有進展了。

不久，警視廳接到一個出租司機的報案，他說他有一次奇怪的經歷，不知與此案有否關連。

有一天清晨三點多鐘，他被傳呼到一幢公寓前，只見一位女人戴著墨鏡拖著兩個大提包坐上車來，包很沉，他覺得那女人身上灑了很多香水，車子一直開到衛星城一幢豪華私人住宅前，那女人提走了兩個包，途中兩人未交談一句，他覺得那女人有些像店長……

警視廳立即把女理髮師的公寓進行特殊處理，發現公寓中呈現出潛血反映，血型與女理髮師的血型相同，說明公寓正是做案場所。

接著，出租汽車司機又根據回憶，指出了那位手提兩個大包女人下車的地點，此地點正是店長的家，於是警視廳發出了逮捕證，把女店長逮捕了。

女店長供認不諱，原來女店長一直喜歡一位常來店的男客人，此男客人比她小了十多歲，她正準備向他求愛時，男客人喜歡上了女理髮師，女店長醋性大發，遂起殺意。

她跑到女理髮師所住的公寓，要女理髮師中止與那個男客人的交往，女理髮師不肯，女店長就把女理髮師一刀捅死，並在浴室中把女理髮師砍成多塊，僱了出租車把裝有屍塊的行李袋扛回家中，行李袋就放在家中有兩天之久，丈夫問她袋中何物？她說是舊衣物，送去乾洗，週日，她一個人駕車把屍塊扔往各處……

女理髮師殺人案就此真相大白了。

女殺人犯的兩個小孩，一個十一歲，一個才三歲，案發之後，由男方父母帶著，離開了福岡。

女殺人犯的丈夫是一位很成功的專業人士，電視中也可見到這是一個相貌氣質中上乘的男人。他在處理好一切有關事宜後，向女殺人犯提出了離婚。他說他從不知道妻子會愛上另一個男人，並為了這個男人而殺人。

據說，女殺人犯一直擔心她的丈夫有外遇會拋棄她，於是，犯罪心理學家在報上分析說，也許正是因為這種對自己婚姻的擔心，促使她對另一個男人發生感情，並為了保住這段感情而不惜殺人。

男女之情有時是導致犯罪的起源，俗話說色膽包天，正是此理。

有一則對日本女人進行的調查中說，問一個女人什麼時候願意殺人時，有百分之八十以上的女人說，為了爭奪心愛的男人。

愛情，也有血淋淋的一面哪！

偏是離人恨重

邱少義和太太協議離婚的事一下子在大學文科院系中傳開了。

他們是人們心目中的美滿夫妻，都出身於南洋華裔世家，倆人曾渡海赴英國留學，雙雙獲得博士學位歸來，又一同執教於同一所名牌大學，生下一對小兒女，八十年代中期他倆購下的一幢位於高尚社區的獨立式住宅如今已身價百倍。

那是一幢南洋風格又頗受英國鄉村派人物推崇的華宅。院子裡有闊葉芭蕉、芒果樹，一條卵石拼就的小路直通一處種滿睡蓮的池塘，夫妻倆下了班常在池塘邊擺下竹椅乘涼。

他們合作寫了好幾本書，居然還很暢銷。

邱少義五十多歲了，太太小他兩歲，但女人不經熬，太太風韻早已不如從前，頭髮掉得七零八落，眼角的皺紋也很張揚。邱少義卻多了些成功男士的魅力，有一次聽一位昔日的大學同窗，如今已是國際貿易公司的董事說起他與年輕漂亮的女秘書的風流韻事時，邱少義心想自己是高級知識份子，臉面很要緊，商人嘛！搞些桃色新聞是找樂趣，如果換了自己，為人師表這麼多年，豈不是臉面盡失，威信掃地？

邱少義是野心勃勃的男人，他想當系主任已想了好多年了。過去是資歷不夠，上面總有比他強的人，這兩年不同了，老系主任退休，副主任頂了上去，剛做了沒半年就查出患了肝癌，如今人住在醫院，看來掙扎不了多久了。系裡有人服邱少義，大學最高層有人注重他，邱少義硬是苦心鑽營了一、兩年，這才坐上了系主任的交椅。

邱少義有時坐在系主任辦公室，托著自己已略鬆弛的腮幫子，望著窗外蓬大的兩樹想心事，他覺得自己的人生是成功的、美滿的，只是一輩子只跟過一個女人，太太就是初戀的對象，未免有些說不出的乏味……

邱少義做系主任做到第三年時，系裡新從美國來了一位華人女講師，名校博士，學歷資歷都不錯，最難得是精明和漂亮，女人讀到博士都難免有些書呆子樣，鼻子上少不了一副大眼鏡，女人一戴上眼鏡就必然使男人卻步，吻她時要操心怕眼鏡掉下來。衣服不是料子不好，而是式樣古板，頭髮大都是清湯掛麵式。

女講師叫南妮，她面試時，男教師都給她評了高分，女教師卻給她打了低分，很少有例外。邱少義一看這結果就在心中暗笑，他也是個男人，自然大筆一揮，給了南妮一個相當好的評語。

南妮提了這個條件、那個條件，邱少義都應允了，她才慢慢吞吞的從美國舉家搬來。

說是舉家，其實只是幾箱行李和一隻叫威廉的小狗。南妮是獨身，系裡教師說她有個男友是美國人，倆人鬧翻了，南妮一氣之下，奔往亞洲發展。系裡安排南妮教一門課，上了沒幾天，學生就直往邱少義這打小報告，說什麼哈佛博士，上課胡說八道。

邱少義倒想聽聽她怎樣胡說八道，便悄悄坐在後排，聽南妮上課。果然有些胡說八道，南洋這所大學是英國風格，講究治學嚴謹，而這南妮博士一開口就扯得無邊無際，學了老美有些吹牛，邱少義不禁皺了一下眉頭，心裡懊悔給了她那麼好的評語，薪水也定得太高。

可這女人，想到自己用女人這個詞來評價下屬，邱少義的臉有些發燒，他第一次用男人而不是系主任的目光去看系裡一位女教師，發現南妮實在只是一個女人。

瞧她胸口衣領開得那麼低，低得可以讓人猜測下面的內容，鞋跟也太高，高得叫人替她操心，怕她累壞了纖細的腰身。

這個女人很風情哩，邱少義望著她，思緒早已跑出了教室。

期末考試結束後，按大學規定，學生必須給任課的教師打分，分數報上來，邱少義第一個想去看看結果的竟是南妮的那一份。

果然不出乎意料，學生評得很差，近於憤怒的學生要求趕走南妮，教師們也議論紛紛，歐洲留學歸來的教師與美國培養的教師向來互相瞧不起，系裡以此為陣營分成兩派，邱少義向來也是打擊留美派的，而這一次，竟然連留美派教師也討厭南妮來了，不肯接納她，邱少義知道做為系主任，他需要說些什麼了。

他約了個時間，把南妮叫到了自己的辦公室，當秘書掩上門時，他和南妮就立即四目相對了。

南妮坐在那兒，優雅的翹起二郎腿，她穿著一套黑色的緊身衣裙，反襯得皮膚雪白。她的頭髮染成了栗色，這使她顯得活潑和更加年輕。

「南博士，你的評價不太好哇！下個學年的聘書也有些讓人拿不準呢！校方現在也接到了些反響，我本人當然是同情你、欣賞你的……」說到這，邱少義向前傾了一下身，目光有些曖昧起來。

南妮一下子抽泣起來，為了系主任這幾句貼心話，還是想到自己做為獨身女人，顛波流轉的人生都說不準，她沒帶紙巾，一哭起來就有些張皇失措。

邱少義的心尖有些顫動，他記得這種顫動的感覺已近二十年沒有過了，他想起了他的初戀、新婚時在法國南部山谷旅行，妻子那雙軟和的手，而這手現在卻長在另一個女人身上，叫他摸不得，碰不得。

南妮還在哭，她昂起淚臉，楚楚可憐。

「邱主任，我不能失去這個位置。美國如今大學教職很短缺，一個位置出來幾百個去申請，哪裡輪得到我？我想可不可以再給我一年機會，讓我試試？」

邱少義沒有答話，他從桌上拿起一張紙巾，向南妮走去了……

邱少義遞給南妮紙巾，又把手搭在南妮渾圓的肩上，說：「南小姐，莫要急嘛！我是一系之主，還能不關照你嗎？」

南妮抬頭一看，正好碰見邱少義色迷迷的目光，南妮是什麼人？早把邱少義的心事看得透透的，她心領神會，索性把手臂彎了上去，圍著了系主任的頸脖，說：「我知道你會幫我的！」有人在敲門，他倆慌忙坐直身子，心照不宣的對望了一眼。

後來，南妮和邱少義曾一同到歐洲開一個學術討論會，他倆共開一個房間，逍逍遙遙的渡了一個小蜜月，南妮自然是興奮無比，她發覺邱少義比她過去所有上過床的男人對她卻更有吸引力，也許是跟上司偷情就有這種特殊的感覺？你覺得自豪，得意洋洋的，彷彿自己手中握有了權力。南妮愛過的男人，有的英俊，有的有錢，有的溫柔，但好像權力的刺激更大。

南妮在邱少義的庇護下，不但沒有砸飯碗之憂，反而一年不到就提高到高級講師，薪水又漲了不少，系裡人人側目，細心的人都察覺南妮和系主任之間肯定有什麼。有人開始討好南妮，有人對她又恨又怕卻又無可奈何。

邱少義覺得這樣很好，自己終於有了一個比太太年輕漂亮的紅粉知己。他和南妮開玩笑說，如果沒有南妮給他帶來的歡樂，他的人生肯定有缺憾，現在他就是突然面臨死亡，也不會覺得還沒有來得及享受人生。他終於做了他想做的事，而這事比他想像的還要美妙。

只是對與自己同甘苦幾十年的太太，他難免有些內疚。

太太顯然對他的不忠誠一無知曉。她是一個傳統的女人，愛家、愛丈夫、愛孩子，家中大事小事都是她操心張羅。她一定覺得，目前的日子很充實，她對邱少義是滿心依靠和信任著的。

邱少義一直以為，日子會這樣平平靜靜的過下去。

他不想離婚，他覺得太太已是他人生的一部份，很難割捨得開。

他也不願和南妮分手，他捨不得她，他承認自己對她的依戀和太太不同，說穿了，南妮給他的是感官上的滿足，在太太身上，他已永遠尋找不到這種刺激了，他彷彿又找回了青春。他在家和南妮之間徘徊著，看見家，太太，孩子，他覺得安祥。但每當他開著車，駛進南妮為了避人耳目，特意離開大學教員宿舍，在市郊租下的公寓時，他又心蕩神搖。

他希望日子就這麼安安靜靜的過下去。

南妮不止一次的說，她討厭婚姻，她不想嫁人，性情刁滑古怪的南妮也的確做不了人家的太太，她是新新人類，總認為婚姻是束縛，每當南妮和邱少義說起這些理論來，邱少義就會笑著點頭，說：「甜心，你的確與眾不同。」

其實，他邱少義是需要婚姻的，婚姻是他人生的避風港，一進去就安全。但他希望南妮不去想結婚這種事，如果她和別人結，邱少義非嫉妒死去，如果她要和他邱少義結，那太太往哪放？

大概是臨近中秋節的日子，南妮推薦系裡她在美國的一位同學前來應聘一個教職，本來這個職位有三十多位候選人競爭，經過好幾次權衡，大家都認為南妮的同學不合適，但為了討好南妮，邱少義上下疏通，終於把這個職位給了南妮的同學。

很快，系裡就傳出了南妮與新來的美國人教師湯姆原來是情人，後來倆人鬧翻，如今又舊情復燃的消息。

邱少義依然去找南妮，南妮也依然一如從前，和他維持著男女私情，但她終於告訴了邱少義，她要和湯姆結婚的心事，她說她忽然想要一個丈夫，一個家……

聽說南妮要與湯姆結婚，邱少義一下震怒了，他這才發現自己對這個女人有一種獨自擁有的私心，他絕不能放任她和別的男人結婚，也不能容忍和湯姆一同來分割她的肉體和感情。

邱少義一下子把一個仿宋青磁瓶摔在大理石的地上，碎片四下飛濺，有一塊傷了南妮，她傷心掩面而泣。

邱少義大聲叫道：「你還是個知識婦女呢？說出這麼無恥的話，一面要嫁男人，一面又應允和我偷情，我真想不到你這麼無恥！」

南妮披頭散髮，衝了上來，一手抓住他的袖子，說：「你不無恥嗎？你不娶我，卻要佔有我，我三十好幾了，為什麼要為你犧牲？我先前自己不要嫁，現在我偏偏要嫁了，你管不著我，我有我的決定權和自由！」

邱少義一摔袖子，揚長而去。

不到年底，南妮就嫁給湯姆了。

系裡不少教師去賀喜，邱少義沒有去，他派人送了一個花籃，卻是喪禮用的那種。南妮氣的大罵大哭，一把眼淚一把鼻涕把她和邱少義的事逢人就說。

邱少義的太太像從夢中驚醒，她一氣之下，帶著一對兒女住回娘家，幾十年夫妻情份一下如流水逝去。邱少義想上門賠禮道歉，又不好意思，他也知道與南妮好了一場，自己的心已回不到原來的位置，他這次背叛了太太，以後也許還會，誰知道呢？他把控不住自己了。

邱太太向邱少義提出了離婚申請，倆人經過半年多的協商，終於離了婚，孩子都表示願意隨母親生活，房子自然也給了邱太太。

大學又撤銷了邱少義的系主任職務，理由不是婚外情，而是冠冕堂皇的一些理由，邱少義苦笑一聲，從此離開了系主任辦公室。離開那天，天下著小雨，他提著自己的物品，一步一步走向大樓外，在樓梯口，他看見了南妮，她望他一眼，那一眼很是怨恨。

邱少義也望了她一眼，發現她一點也不美。

寮母情事

寮，是日文宿舍的意思，發音與中文基本相同。公司的宿舍叫社寮，學生宿舍叫學生寮。

因為是宿舍，便要有一位管理人，管理人一般是女人，人稱寮母。

寮母是人情味很濃的稱呼，住在寮裡的人都像孩子，而寮母則是大家的母親，進得寮來，就像進到自己的家一樣。

大家有事，可以找寮母，大到人生抉擇，小到傷風感冒，她都願意幫你一把。只是天下母親對兒女無不慈愛，而寮母大都很兇，她可以教訓你，罰你，甚至趕你出寮，那可是要命的羞辱呢！

這所日本南部名城的百年名校女子寮的寮母本姓中村。中村美雪有一兒一女，兒子和女兒都已十八、九歲，她自己也是一位年近五十的歐巴桑了。

看得出來，美雪年輕時就是一個美人，如今依然是徐娘半老，風韻猶存的美人，她是屬於那種勞動婦女型的健美，手腳都利索有力，一把依然茂密漆黑的頭髮束在腦後，走起路來昂首挺胸，乍一看，還以為是正當年華的少女。

美雪一天到晚都化著盛妝，口紅一天換一種色澤，春有春天系列，秋有秋天系列。女子寮不遠處就是一家資生堂的化妝品專賣店，美雪是那兒的老主顧，我常見她坐在高腳凳子上，翹著手指，讓化妝品店的老板娘幫她抹蔻丹。

美雪喜歡穿束胸寬袖的衣服，據說所有的衣服她都自己做，這使得她的服裝千變萬化，但卻離不開美雪自己的基本格調。

美雪的胸部總是鼓鼓的，像揣著兩隻慌慌張張的小兔，一見人就蹦跳起來。女子寮的女孩子都是妙齡少女，但有美雪那麼撩人的胸部的卻不很多，於是女孩子們有時會半含羨慕半含酸的說：「美雪那兩個七七（日文乳房的譯音）一定是假的！」

大家懷疑美雪撩人的胸部是假的，大概是戴了一種特別的胸罩？整形相信倒不至於，因為在日本，做一次胸部整形可以使你傾家蕩產，寮母收入才多少？她怎麼可以整形呢？

風言風語美雪一定聽到了，寮裡有不少積極份子，她們是美雪的情報人員。果然有一次美雪跑到寮生共用的浴池來了個楊貴妃出浴，女孩子們親眼目睹了美雪傲人的身材，特別是她的七七，活龍活現，女孩子們只好低下頭，對自己平坦如未開墾的處女地，當然是平原而不是山坡的胸部感慨不已。

風流的歐巴桑美雪卻有一個扶不起來的丈夫，叫浩志。這位名字不俗的浩志先生應該算是寮父吧！浩志只做一件事，負責抓痴漢，痴漢就是流氓，酒鬼的意思。

女子寮一到晚上七點就開始封寮，所有男人都必須離開，整個女兒國裡只有浩志和他的兒子是男性公民，那兒子細聲細氣，正在拼命考大學，抓痴漢是抓不到的，也許痴漢見到這位羞羞的小男生還會動心哪！所以只有浩志一人是頂樑柱，孤膽英雄。有一次果真有一個痴漢從一樓窗戶處破窗而入，有女生看見痴漢，立即按了警鈴，全寮幾百位女生慌成一團，只見浩志手持一隻特大酒瓶衝了上去，本來酒瓶做武器不很合適，可浩志正好在喝酒，他這一生中最熟悉親切的是酒瓶，浩志和痴漢相遇了，浩志和痴漢都喝了酒，痴漢喝了酒，稀裡糊塗的就往女子寮鑽，而浩志也喝了酒，喝得比痴漢少些，兩個酒鬼相遇，自然是喝得少的那一方勝利，浩志制服了痴漢，把痴漢打翻在地，再踏上一隻腳。女孩子們都領教了這位平日吊兒郎當，手裡常常捧著酒瓶子的寮父的威風，後來學校特意頒了一張大的表彰狀，浩志把表彰狀掛在家中最顯眼的地方，逢人就說：「看看，我這抓痴漢的英雄狀，我就這樣把痴漢打翻在地……」

美雪暗笑，只有她最知道丈夫究竟有多大本事。

浩志說起來算是一個弱智人，只是生活還能自理，一般人看他只覺得這個人笨一點，其實他小時得過腦膜炎，智商在正常人之下。聰明伶俐的美雪嫁了他，實在是冤枉。據說因為美雪的父親做生意借了浩志家的錢，後來生意失敗，美雪的父親自殺了，她的母親還不起丈夫身前留下來的債務，拖了好多年都是塊心病。美雪只上了初中就工作幫母親支撐一個家，因同情母親和弟妹而勉勉強強的嫁了浩志，從此兩家債務一筆勾消，家境殷實的浩志家還不斷的周濟美雪和浩志的小家庭。

美雪說那個時代男人不好找，不少女人因之失婚，她能嫁給浩志，還算她的福氣呢，有個笨笨的男人也比沒有強啊！

浩志不怕老婆，老婆倒怕他。

浩志發起脾氣來，把家裡能砸的東西都砸得一地，他甚至打美雪，揪起頭髮就往牆上撞。喝了酒的浩志常訓孩子，打老婆。

浩志認為自己是世界上最聰明，最有魅力的男人，他喜歡騎一輛本田摩托，風馳電掣的像是去救火，他戴著墨鏡，叼著煙卷在房裡邁正步。

一到晚上七時，女子寮就剩下他一個真正的男性公民時，他就神氣起來了。

他穿著一條緊身褲子，不是為了顯示他的腿，他知道那腿是羅圈的，不好看。他顯示的是他的下身男人的特徵處，故意在寮裡走道上用軍人操練的步伐前進，如果女孩子不小心目光落在了他那蹦得緊緊的私處，他就高興得大笑，女孩子們有時覺得他才是一個真正的痴漢，是寮中不安全的因素。

女子寮的所有管理人的工作幾乎都是美雪一個人承擔的，痴漢事件十年難遇，但薪水單上卻是浩志為主，美雪不敢不服氣，在日本當然是男人地位高於女人，儘管浩志弱智，可他畢竟是個男人呀！

表面看起來，寮母美雪的人生真是糟透了，找了個如此不爭氣還有些弱智的丈夫，可是，慢慢的，人們看出一點眉目來了，原來美雪有情人！

美雪的頂頭上司是大學庶務科，庶務科有一位儀表堂堂的男士叫造雄，他是專管大學寮務的科員。

大學有兩個寮，一是男子寮，一是女子寮。按日本男尊女卑的習慣，造雄先生應該多去男子寮指導寮務，然而造雄卻只往女子寮鑽，一會給女子寮派人刷刷牆，一會給女子寮換新瓦頂，弄得男子寮的寮母氣得拍案大叫：「松本造雄你不公平，都是那妖精勾走了你的魂呀！」美雪聽了不吭聲，她是啞巴吃餃子，心中有數。

造雄頂多四十出頭，有太太，但太太生了五個小孩，整天奶瓶尿布堆中滾，風情蕩然無存。而美雪呢！天生一副風流模樣，眼睛左顧右盼，造雄第一次來女子寮檢查工作，就發現美雪對他含情脈脈，他以為美雪對他有了一份心意，其實美雪是對天下只要是比她丈夫好一點的男人都有心意，何況造雄一表人材，又是她的頂頭上司呢？

美雪把造雄引到女子寮的茶室，小心的把深紫色的和服便裙放在跪著的雙腿之下，她傾著身向著造雄，正好展現她的身材曲線，她的和服袖子寬寬大大，露出一段肥白如藕的玉肌，未穿襪子的腳勾勻稱如鉤，小腳趾上還抹了蔻丹，為什麼不全抹上呢？造雄有些衝動，想去抓抓她的腳，他不知道這位婦人已五十歲了，他相信她剛剛四十出頭，也許更小些。

窗外的夏蟬懶懶的叫著，美雪請造雄喝第三杯茶時，造雄一下抓住了美雪的手，倆人都被這突如其來的舉動驚了一跳……

美雪望著自己那一隻雪白豐滿的手正被造雄緊緊抓著，她略略低下頭，臉上有些飛紅，她不光沒抽出自己的那隻手，反而把另一隻手也塞進了造雄寬大的手掌裡……

「我好可憐啊！課長先生呀！嫁了這麼個不通人事的鬼男人，你來看看，這女子寮上上下下，左右前後哪一樣不用我操心？」美雪說。

「是呀！能者多勞嘛！往後有事只管跟我說，我這個人就不愛坐辦公室，喜歡東跑西顛的，女子寮的事我一定上心！」造雄說，又趁機捏了一把美雪的腳趾頭。

美雪被頂頭上司的性騷擾激動得心花怒放，還想他多騷擾一下，可惜一位女寮生輕手輕腳走了進來，造雄和美雪只好打官腔，心頭卻把那女孩恨得癢癢的。

以後的事情進展順利，每次造雄來女子寮檢查工作，都逕直走到美雪家去，浩志一見造雄來就躲出去，他知道自己傻呼呼的不做正經事，怕被造雄識破他的真面目又把那張已經授給他的捉痴漢的獎狀收回去。

浩志一走，美雪就往造雄身上摟過去。造雄已知道美雪的年齡比自己大了十多歲，他反而看重了美雪。五十歲的美雪能對自己這麼有激情，不正說明他松本造雄有男性魅力嗎？

女子寮的每一位寮生，只要她不是一個木頭人，都可以看出造雄先生和寮母美雪之間的情事。她們正當妙齡，都有男朋友，但不是兩天拌嘴就是兩天吵架，而造雄和美雪卻你愛我，我愛你，不離不棄，造雄不提離婚，美雪把半大傻子丈夫浩志佛爺一樣敬著、哄著。女孩子們都頗感動，覺得婚外情能做成這個樣子，實在是他倆有水平哪！

浩志怕官，但不怕太太，浩志一打太太，家裡人就給造雄打電話，造雄像警察，威風凜凜的來了。俗話說，清官難斷家務事，而美雪家的事，還就靠造雄這個官管著……

寮母美雪和庶務科課長造雄的情事被男子寮的寮母看在眼裡，記在心上，她憤怒的情緒像海水一潮漫過一潮，每次造雄去男子寮檢查工作，她都要故意託他問美雪好。造雄保證一定把她的問候帶到，暗地裡卻狠狠瞪她一眼，並從雪亮的窗戶上千方百計的去尋找些灰塵來羞辱她。

男子寮的寮母也以女子寮生的身份寫了無數封匿名信,像所有寫匿名信的壞傢伙們一樣,寮母邊寫邊恨得牙齒發癢,她把信都寄給了庶務科科長先生,在科長先生的辦公桌上,從此幾乎每日都有一封關於造雄和美雪情事的分析和報告。

科長先生興致勃勃的每天都看,覺得比枯燥的公文更能刺激他沉悶的官僚人生,但他決意不管,因為科長也正在與科裡女秘書調情,他害怕動了造雄就會牽動全局,連他也被一網打盡。

科長穩穩調任部長了,新來的科長又接到男子寮寮母更加生動豐富的告密信,新官上任三把火,新科長第一把火就點到了造雄身上,他命令造雄不得再管女子寮的事,改派意志堅定的另一位資深年高男士前去女子寮主持工作的檢查。

造雄為此難過了一個多月,就發現他的桌子上也出現了告密信,他好奇的拆開一看,才知道美雪已和新去的科員勾搭成姦。

造雄氣得胃痛,幸好晚上去色情酒吧,聽了一首新歌叫我不在乎你,那一夜他想了好久,決心了卻這段情事。

臨上床前,他把妻子攬過來,心思卻還在美雪身上,自言自語的說:「幸好她嫁了一個傻瓜丈夫,才允許她偷雞摸狗……」

造雄太太心頭一驚，以為丈夫對她的不忠有所異疑，正想聲嘶力竭表白一番，才發現丈夫已呼聲大起……

此曲只應天上有

陳太有兩個寶貝兒子，大名不詳，只知她呼大兒叫寶寶，小兒叫貝貝。陳太是家庭主婦，陳先生則是電話公司裡的資深工程師。有一陣子，大家風聞他倆在吵架，甚而打架，後來就乾脆鬧離婚了。大家聽了都替陳太捏一把汗。那陳太四十有一，女人四十多好的戲也快唱盡了，何況陳太本來就沒好看過，如今胖得像一堵牆似的，誰願意整天對著一堵牆過日子呢？而陳先生看上去蠻年輕的，男人四十一枝花嘛，所以大家都在勸陳太，叫她不要放陳先生跑了，他跑了很快會有女人找上門來，而陳太呢，既無長相，又無多大的本事，所以這婚是萬萬離不得的。

陳太不信邪，非要爭出個道理來，女友們好奇，問她究竟為什麼？她又不肯說。又有人去問他們請的律師的太太，律師太太嘴不緊，一不小心就露出來了，說是陳太有了外遇，不想和陳先生過了，外遇的對象就是寶寶、貝貝的鋼琴老師，那位從大陸長春來的男青年。瘦瘦削削的，常常神經質似地微笑，看來脾氣倒挺好的。

找男青年教小孩子學琴的家長很多，陳太是最積極的一位。她又私自提高鋼琴教師的工錢，常送紅包給他。寶寶、貝貝學琴時，她就目不轉睛地在一旁呆看。後來，她自己也去學琴了，畢竟年紀大了，鋼琴老師倒不敢嫌她笨，手把著手教她，男青年細長的手指碰著她時，陳太有些激動，回到家，還在思念著那一種觸電般的感覺。

陳先生一直忙，已有好多年不和陳太卿卿我我了。他回到家，已累成木頭一般。話不多，連做愛時也少言寡語的。陳太卻整日在家，眼前的世界日漸縮小，除了丈夫，孩子，她很少能接觸到更多的人，漸漸地，陳太開始寂寞起來。出去找個事做吧，陳先生又不同意，況且陳太也是疏懶慣了的人，朝九晚五的刻板上班族日子她也頂不住。幸好有了和氣的鋼琴老師，每週三次的見面使她的平淡如水的日子有了一點盼頭，一絲波瀾在枉自起伏著……

鋼琴教師是有女朋友的，眼下正同居著。女朋友據說個性像火，燒得她和他都坐不住。她太有主意，而有主意的女人就難免缺少溫柔。鋼琴教師還沒和她正式結婚呢，就已經被朋友們笑為懼內。他喜歡陳太來，陳太叫他老師，怯生生的像個家教很嚴的女孩子，乖乖地坐在方凳上學琴。他教她的兩個兒子時，她也在一旁認真的聆聽，手裡還拿個小本子細心地記。每次來，陳太都有一些小禮物送他，也許連小禮物也算不上，一碗精心燒好的小菜啦，一條色澤花式都好的領帶啦！他不肯收，她就硬往他手上塞，誠誠懇懇的。後來，他和她談起自己的很多事情，遙遠得有些虛渺的過去，陳太靜靜地聽著。鋼琴教師發現胖一點的女人很讓人安心，一舉一動都張狂不起來。

再後來，他和她有了只有他倆才知道的秘密，十多歲的年齡差距實在也算不了什麼。他覺得她比自己的女朋友美，其實陳太那能算做美呢？不過是情人眼裡出西施罷了。陳太也覺得他有本事，其實要論本事，鋼琴教師是不能跟陳先生比的。可陳太就敢做如是觀，她是被愛情衝昏了頭腦呢！

陳太忍不住把情事悄悄告訴了李太，李太心中癢癢的，認為四十歲的女人還能上演如此纏綿的愛情劇實在不簡單，她也想試試，但卻沒成功，從此對陳太另眼看待，又敬又服，只可惜又不能公開表彰，那種心情很特別。

陳太表示要離婚，李太一聽跳將起來，頭碰著垂下的吊燈，稀裡嘩拉一陣亂響。「離婚？你喝了迷魂湯呀！不過是解解悶的事罷了！離了你能住大屋，開好車，坐在家裡享清福嗎？你要做出吃，做出喝來，他窮得叮噹響，你又不是不曉得。」

陳太不吭氣了，她說鋼琴教師要離開此地，搬到東岸去，只有離了婚，才能跟他一塊走。

「他這一走，我的心也死了。」陳太掩住臉，雙肩抽動著。

陳太的離婚很快批了下來，兩個小孩子都判給了陳先生。熱心的業餘媒人在陳府走動著，孩子們很快就要有新媽媽了。

陳太隨鋼琴教師去了東岸，據說在一家中國餐館打工，瘦了好多。

「她做慣了太太，哪裡是打工的人呢？」只有李太常常唸起她，但也在想像瘦了的陳太是不是好看些了。

老秘和小秘

我家小妹博士畢業後，一心想找個大學教職，在日本真是萬般皆下品，唯有教書高，教書薪水高，一年有無數的假期，據說日本的假期之多在世界上可名列前茅，日曆上印滿了紅日子，一到紅日子就可以白拿薪水不做事。老師可以訓學生，可以不懂裝懂，上課時還可以自己不說，只讓學生說，然後瞇著眼睛呼呼大睡，一覺醒來，把剛發言的學生或誇獎一頓，或大罵一通，都可以的。唯一的煩惱是教室裡沒有床，只能坐著睡。

小妹連著申請了小半年，還是泥牛入海無消息，她的教授便介紹她到一家公司屈就，這家公司名字很長，翻譯出來就顯得囉嗦了，名叫大日本國海外日本文化輸出公司，顧名思義，不是向海外賣汽車，賣電器，而是賣文化。小妹很委曲，但第一天上班就封了她個七品芝麻官——課長。一個月後又封了個五品官，叫亞洲輸出部副部長。名片印出來，大家都對她刮目相看，只有我知道底細，那公司真正做事的只有三位，而且還都是女人，除了小妹，就是老秘書和小秘書，簡稱老秘和小秘。

老秘芳齡三十八，母親是東京銀座一家頗有名氣的歌舞俱樂部的舞女，人稱伴伴娘。伴伴娘和日本傳統的歌舞伎不同，是洋風東漸的產物，更具體的說，是二次世界大戰後，美軍佔領日本期間興起來的。戰後的日本，百業俱廢，男人找不到工作，貧困不堪，只有年輕貌美的少女能在與美軍的周旋中討得一片洋麵包，老秘的母親靠做伴伴娘養家糊口，但不慎與美國男人生下了老秘，因伴伴娘與不少男人有染，老秘的身份就有了古代母系氏族社會時的悲哀，只知其母，不識其父。

美軍撤離後，伴伴娘帶著老秘回到九州，用賣笑賺下的辛苦錢開了一家料理店，專賣洋風料理，最拿手的是威士忌巧克力蛋糕，蕃茄醬蛋炒飯。伴伴娘身兼父職，讓老秘受到了很好的教育，學鋼琴，學禮儀，私立女子大學畢業後又送她去美國深造……

老秘遊學美國整四年，一心讀書，她知道母親的身世，也在日本社會歧視混血兒的風氣下從小遭人白眼，曾很想留在美國定居，但又念及母親孤身一人在日本，於是畢業後又返回了日本，那時她正當少女年華，母親一心盼她能早早尋下乘龍快婿。在母親的安排下，老秘每週約見三到四位夫婿候選人，每位候選人都帶著一張身上書，這是日本社會相親的習慣，上面寫著家世源流、財產狀況等，老秘的母親先接過身上書細細審查，點點頭退下，老秘望著窗外的一株瘦櫻，覺得心頭空空如也……

相親相到第十八位男士時，母親的料理亭出了麻煩，母親極其信任的一位廚房大師傅

——事實上也是母親的情夫，突然與料理亭新來的女招待相好起來，母親一怒之下解雇了那一對男女，大廚氣憤之下在蛋糕裡投下瀉肚藥，顧客投訴，大廚進了監獄，料理亭被命令關閉整理內務，一時間鬧得風生水起，絕望的母親催老秘快快出嫁，老秘在十八位男士中隨意選了一位，匆匆披上了嫁衣。

丈夫家也是商人，經營一家小小的木材行，從木材便宜的東南亞進口木材，再在日本轉手倒賣給傢俱商或建築商，因為也算是國際貿易，夫家願意娶老秘做些英文方面的溝通。老秘的丈夫是家中獨子，生意主要由公公婆婆掌管。

婚後的老秘發現丈夫完全沒有長大，無論什麼事都要問父母，連單獨跟她出門也害怕母親會不高興。一家人晚飯後坐在一塊看電視，如果母親不叫他回房去睡，他就一直坐在那陪著。家中的財政大權小夫妻更是不能過問，婚後的老秘也參與公司的業務，但從沒有從父母那領到一分錢的薪水。老秘又是個愛打扮的女人，日本女人婚後都千方百計的存自己的私房錢，老秘弄得身無分文，丈夫也是口袋空空，每次伸手問母親討零花錢，老秘母親原以為女兒出嫁後可以扶一把娘家，現在反偷偷問她要錢買女人們喜歡用的一些東西……

老秘決心出走，離婚她不敢提，在日本女人要離婚不叫你折騰得脫層皮才怪呢。老秘悄悄地收拾行裝，又從母親那借了一些錢，星夜登上了開往福岡的夜行車，改名換姓在這家文化公司做了個秘書。

公司老板是留美博士，回國後曾在日本一家舉世聞名的大汽車製造公司做到部門主管，但沾染了一些洋鬼子脾氣的他與日本社會有些格格不入，一氣之下，自己開了這家公司，公司專門做文化輸出的事業，比如汽車公司要在國外設分廠，公司就幫助汽車公司駐外人員進行當地國的語言、歷史、文化的培訓，同時又幫助當地的員工進行日文及日本文化、習俗和法律、公司基本理念等方面的培訓。日本企業都樂於與這家文化輸出公司合作，老板成功了，賺了很多錢，在社會上也成了名流。老板春風得意，不料一碰見老秘，已屆中年，自信人生經驗豐富，只和女人逢場做戲，絕不動真情的他一下土崩瓦解，做了愛情的俘虜，並為此失掉一切。

老板愛上了老秘，老秘也對老板真心實意，只有一樣，她始終隱瞞了自己的已婚身份，老板是有家室的人，太太很賢慧，兩個孩子都已上初中，老板有錢，有地位，身邊不乏女人，但都是玩玩罷了。

老秘和老板愛得死去活來，公司業務一概不管，老板太太不動聲色，僱了女佣照顧家裡，自己走上前臺，把公司一切大權通通抓在手中，太太又僱來私人偵探，把老板和老秘之事通通整理記錄在案。私人偵探還把老秘來龍去脈一一調查清楚，然後跟老板攤了牌。

太太說，兩條路，一條改邪歸正，乖乖回到太太身邊。一條路，交出公司，一文不名的滾蛋，老板考慮了幾天，終於和老秘雙雙出走，不知所終。

太太賣掉了公司，小妹也就丟掉了飯碗，遇到有人詢問公司閉門的原因，小妹就會津津樂道的講老秘的故事。

說完了老秘的故事，又覺得小秘也應該寫一下。

小秘是個小鼻子、小嘴、小眼睛的女人，小秘的家已三代開藥房，日本開藥房是件省心又賺錢，社會地位還不低的職業，她家的藥房有兩層樓，而且尚有一些分店散佈在九州的鄉鎮。小秘也到美國留過學，留學之前是茶水女子大學英文系的高材生。

小秘沒有戀過愛，一次也沒有。究其原因，大概是由於她是一個聰明絕頂，又明察秋毫的女人。古人說水至清則無魚，人至察則無徒，愛情上也大致如此。稀裡糊塗的女人最容易去愛別人，也最容易被別人愛。愛情，婚姻原是不可太認真的事兒，小秘卻是講認真。她要求男方身高幾何，眼大幾分，她痛恨眼睛小的男人，因她屬老鼠，眼睛小成為心病一樁，而日本男人的最大特徵就是眼睛不大。要找眼睛大的西洋人，她又嫌他們說話聲音大，有些像打雷。小秘警覺如夜裡不睡覺的貓頭鷹，張著眼，支楞著耳朵，誰說個什麼她都要放在心上掂量一番。勞心費神的小秘顯得比她年紀大的老秘要老得多，看了讓人心生同情，感覺人生實在太沉重。

小秘被老板派駐中國大陸的深圳，在那兒協助日本企業進行員工培訓，老板不讓我家小妹任此美職，怕小妹一回大陸就只顧探親訪友不好好工作，也怕小妹與大陸人內外勾結，那時老板已與老秘有了私情，自然也想把警惕性最高的小秘支出日本。

小秘委委曲曲的單身赴任，一去就是兩年。兩年中，小秘學會了不少中文，廣東話、國語都能來幾句，一反在日本時活得沉重的模樣，有了不少大陸的新哲理，人生苦短，不如瀟灑走一回。小秘跳舞，唱卡拉OK，上館子，甚至於學會了抽煙，深更半夜與一幫朋友聊天，騎著摩托車穿大街走小巷呼嘯而行。

兩年後，老板與老秘為了愛情而私奔，公司散伙，小秘丟了差事，她向公司討了一些遣散費，又返回了深圳，嫁了一個大陸男子，開了一家規模不小的公司，小妹見過她的丈夫，說是沒有一條符合小秘原來提出的婚嫁標準，眼睛和她的一樣小，但看起來小秘婚姻美滿，比過去年輕了好多。

小秘還給自己起了一個中文名字，叫李美，是夠美的，小妹說小秘身著超短裙，遠遠望去，像馬路上盛開的喇叭花。

帶不走的雲彩

近來閉門讀書，除了一日三餐和睡覺之外，手上都捧著書。電話不打，例行的寫作也停了。因為小城圖書館破天荒地進了幾本可以讀讀的書，張邦梅的《小腳與西服》帶給我無限的欣喜，許久沒讀到這樣的好書了。

先是譯的好，張邦梅原著是英文，譚家瑜的翻譯準確，生動，如行雲流水，看不出什麼一種語文到另一種語文的不適。我一口氣讀完它，然後張著佈滿紅絲的雙眼給我的朋友們打電話，告訴她們趕快來我家把書拿去讀，電話甚至打到了日本，我知道那兒有不少學者是徐志摩迷。

徐志摩的詩文都美，人也長得好，家境殷實，是浙江省的首富之一。他棄結髮妻子張幼儀而不顧，愛上了林徽音。林徽音以美麗和有文才著名，他們林家的人都有一種清麗的美。有一次我在美國一個電視節目中看到一個描繪一位林姓華裔女孩成長為著名雕塑家的故事，那女孩就有林家女人特有的美，我立即對家聲說，這女孩一定和林徽音有關係，果然她們是親戚。

林徽音沒有接受徐志摩的愛，她嫁給了梁啟超的公子梁思成，他倆都是建築學家，北京天安門中有些雕塑（好像是中華人民共和國國徽）就是林徽音的創作。林徽音有肺病，身體很不好，梁思成親自動手生爐火，以求室內有一定的溫度。林徽音嫁給梁思成後，依然和徐志摩是好朋友。張幼儀認定徐志摩之所以會飛機失事而死，正是因為他愛林徽音，要趕回北京參加林徽音主持的一個建築學討論會。不過，我也看到過另一樣說法，說是因為徐志摩娶了陸小曼後，因小曼治家無方，又染上吸鴉片的惡習，家庭開支總是入不敷出，所以徐志摩為求省錢，搭上了免費的運郵件的小飛機，而那開飛機的，又是一個徐迷，很喜歡徐志摩的詩文，在飛行時與徐志摩一路談詩，分心了，致使飛機一不小心就撞上了山頭……

林徽音因肺病去世後，梁思成娶了自己的學生，她比梁思成小很多，早在林徽音去世前，她就是梁家的熟客，與林徽音很談得來。她嫁給梁思成時，林徽音的老母親還健在，她擔負起了照顧老人的責任，是一位很賢德的女人。

林徽音為什麼捨徐志摩而嫁梁思成？而徐志摩還為了她那麼狠心地拋棄了張幼儀，其中原因不得而知，恐怕連徐志摩也很納悶吧。但從林梁婚姻來看，他們是很合諧的恩愛夫妻，專業都是建築，也門當戶對。

徐志摩娶陸小曼則實在是個悲劇，陸小曼那種火一般熱情的女人和徐志摩的浪漫合在一起，就走向了極端。徐志摩那樣的男人，恐怕需要個穩重些的太太來配合他，他簡直就是個大男孩，而陸小曼又完完全全是一個任性的小女孩，兩人認真組織起一個家來，是根本上應付不了的。加上陸小曼又在富家子翁端午的鼓勵下吸上了鴉片，這樣一來，家也就不像個正經人家了。

張幼儀在第一次看見陸小曼時，發現前夫深愛的女人的確十分迷人，她有一頭柔柔的秀髮和一對大大的媚眼。她叫徐志摩是摩，而徐志摩叫她曼，或眉，張幼儀是怎麼想的呢？她說：「我不是個有魅力的女人，不像別的女人那樣。我做人嚴肅，因為我是苦過來的人。」

好一個做人嚴肅呀！我喜歡張幼儀，在她的身上，我甚至看到了自己的影子，我們都一樣，走過婚姻的不幸，再堅強地站立起來，走自己嚴肅的人生之路。

徐志摩一生中所有被他傷害或傷害過他的女人中，張幼儀應該是他最值得珍視的，她為他生兒、育兒。她為他照料雙親，她從他的傷害中完成了女人的自尊、自立，她才是一個最美好的女人。

上天也看到了這一切，所以幼儀長壽，她也富有，她失去的，最終卻得到了補償，時值中年，她還找到了愛，她真是上天眷顧的女人。

此意徘徊

有些男人和女人的愛，實在是不可理喻的。

我在北京那所大學任教時，就看見了好幾樁頗令人感慨的感情歷程，也算該大學的一段歷史。

大學是輔仁大學與其它數所大學院系調整而組成的大陸名校，老校長是名震天下的歷史學家，有一次國宴上，毛澤東向老校長問起某件歷史之事，校長對答如流，毛澤東說老校長是國寶。大陸易幟時，蔣介石也一再邀老校長去臺灣，老校長沒有去，留了下來，那時他已九十多歲了，五十年代老校長去世，但他的影響永遠留在大學，大學設有紀念堂，專門保護老校長身前著作遺物。

老校長的兒子，孫子都是著名的歷史學家，八十年代初，我在杭州一次歷史學會上看見老校長的兒子，那時他八十多歲，新婚不久，太太四十多歲，也是同行，大家背後都說老校長的兒子很疼太太，坐火車時自己睡上鋪，讓新婚太太睡下鋪，結果把腿摔壞了。那次會上，老校長的孫子也去了，他與父親的太太年紀相當，也許還大些，她叫他某某先生，很尊重的樣子。

大學有一位七十多歲的女教授，原是老校長的秘書，也是輔仁大學的學生，著作等身，在海內外都有聲望，我曾與女教授共事過，那時我剛到大學任教。

女教授獨身了一輩子時光，她自己帶有好幾個研究生，家中四壁都是書，我也常去她家請教學問，記得除了書，她家中最醒目的一樣東西就是一幅放大了的舊相片。

相片掛在門框上，每天抬頭可見。相片上老校長坐著，而女教授——當年的校長秘書站著，那時她二十多歲，柔軟的長髮，眼睛很明亮，是一位漂亮的女大學生。

大學有不少老一輩的教授們傳說，女教授愛老校長，她和他有情有意，但對外界沒有明媒正娶，因為老校長可以做她的祖輩了，而老校長有太太，子女成群，又是學界泰斗，他們不能對外界公開感情。

沒有人敢去問女教授，從來沒有。

每當我看見白髮蒼顏的她，在那掛有她和老校長合影的相片的門框下孤獨生活時，我就有些難過。

可也有人說，沒有那一段經歷，她成就不了如今的事業。她是研究老校長學術思想的權威，現在依然是。

可是，從二十多歲到如今的孤獨，該是多麼漫長的歲月呀！

歷史有驚人的重複性，男女的感情亦如此。

當年老校長的學生如今成了著名的大學者，研究所所長，也是八九十歲的老前輩了，他在學術界一言九鼎，在政界也有一席之地。大學出於工作的需要，給他配派了一位助手。助手是女的，和我年紀差不多，那時我們才二十多歲，是大學最年輕，也是最沒地位的小講師。

助手長得很不錯，她的工作是幫老教授整理史料，老教授近於失明，所以常常是老教授口述，她筆錄。

她扶著他，像是他的拐杖。

她向大家傳達他的旨意，像是他的口舌，她幫他讀書報，像是他的眼睛。

大家常看見她扶著他在校園散步，從早到晚，一刻不分離。

老教授有太太，也有兒女，他有自己完整的人生。

而她一年又一年，把自己的一切都交給他似的。

她成了一個老姑娘，圓潤如珠的臉鬆弛了。

有人問她為什麼不嫁？她低頭不答。

有人用女教授孤獨一生的故事告誡她，她低頭不語。

後來，聽說她出嫁了，嫁得很匆忙。

再後來，老教授的太太去世了。

據說，她和他比從前更好，好得像一個人，本來，眼睛和拐杖怎麼可以分開呢？

不管怎樣說，這都是感情上的事，誰也不能指責誰，彷彿天地間本來就要演出這種的感情活劇似的。

也有人說，這些都是虛渺的，包括老校長的事，都是人們的猜測。

也許，只有上天知道吧。

我看見我的一位女友的感情糾紛，直到現在，我還是不能理解。

他是她的指導教授，當時教授招了三位學生，兩男一女。教授本來不想收她，覺得她的大學本科專業學的與現在的專業不合，但口試時，她答得很好，教授考慮再三，就收下了她。

她是南方人，獨自一人來北方唸書，住在大學宿舍裡，我去過，那宿舍冷冷清清，她告訴我大學食堂的伙食千篇一律，白水煮秋茄子，無鹽無油。

她又說幸好她的師母很關照她，常請她去家裡吃飯，幫她渡過南北生活不適的難關。

她說師母是個善良的家庭主婦，沒有文化，腳是包裹過又放開的解放腳，她對導師事業上沒有任何幫助，所能做的，只是生活上的關照。

「跟請個保姆一樣。」有一次，她這樣對我說。

我的心抽緊了，感覺到某些不祥之兆在她身邊騰起。

她在個人感情上歷盡滄桑，她說過她不想找一個平庸的男人，「那會很累，你需要付出百倍的努力去塑造他，幫助他站立，那是女人最可悲的工作，改造和幫助男人成名成家。」

一年，兩年，到博士畢業的前一年，研究生院突然取消她的答辯資格，風言風語四處傳播，原來她和她的導師，雙雙墜入愛河。

這是不倫之愛，在她和他相愛的同時，她和他傷害了一個善良和無辜的人。

學校教育她，她不認為這有什麼錯，學校處分了教授，她又為教授鳴不平。

她尋死尋活，據她說只是為了愛。

她從沒有為那可憐的師母想一想，這公平嗎？她比師母年輕、漂亮、有學問，可是她永遠得不到完整的感情。

教授如果是有良心的人，他會負疚終身。而帶著如此沉重的負疚感的男人，你敢去愛他嗎？

愛，是一種社會行為，對愛負責，也就是對社會負責呀！

小姐旋風

近些年，你到大陸去，可以見到不少新鮮事兒，男人有男人的自負和擔憂，女人有女人的希望和失望，走到哪兒，你都可以聽見小姐這一稱呼，小姐來，小姐去，叫得男人心蕩神搖，叫得女人心花怒放。

小姐本是個很文雅，很有禮貌的稱呼。稱某某為女士，你會覺得刻板得像一套熨好的西服，翹著僵硬的衣袖，橫來立去的把世界弄得冰冷冰冷。小姐就不同了，很溫情，像雨夜張開的粉紅色小傘，也像一束剛摘下，枝頭上還滴著青意的花朵兒。

我就喜歡叫女孩子小姐，也喜歡別人，尤其是男人叫我小姐，它使我在自己的少女時代失落的青春又回來了，那時人們叫我們同志，有一次，父親的朋友來我家，看見了我家原來是一個女人國，他就說：「哎呀，你們家女同志比男同志多呀！」瞧，有多乏味！

現在不同了，大陸已逐漸拋棄了同志，愛人這些硬性的稱呼，又換上了先生，太太，小姐這些軟性的稱呼。

可惜好景不長，小姐這一美好的稱呼在大陸已有了曖昧的成份，原因是所有妓女、暗娼、陪酒女郎、夜總會歌舞女、色情按摩女郎，都一律被稱為小姐。小姐已成為這些人的代名詞，變得骯髒起來。

我的一位朋友說，他在大陸廣東鄉下小鎮吃飯，老板說，我們這飯菜都不太好，但小姐秀色可餐，要不要來兩位小姐換換口味？

我的一位女友在大學任教，先生原來也是在同一所大學教書，現在下海，成立了一家電腦公司，事業做得很成功。可女友心情很不好，很懷念過去夫妻一同過的清貧日子，她說那時她們夫妻感情很好，現在丈夫花天酒地，銅臭味很重。

「他如今天天要和小姐們泡，走到哪，都買小姐玩，我恨死了小姐，如今大陸男人，十個倒有九個是被小姐拉下水的！」女友說。

小姐如洪水猛獸，威脅著千萬良家婦女。

家聲前年去北京開會，住在一家不錯的酒店，這是個國際會議，開會大都是半導體材料學方面的專業人員。

晚上，櫃臺一位男服務員打電話上來，那時夜已深了，北京還是萬家燈火，他和幾位也是來開會的朋友正在閒聊。男服務員壓低聲音，鬼鬼祟祟的說：「先生，獨臥難熬，要不要小姐上去陪你？」

家聲一楞，冒出一句：「誰家的小姐要來見我了。」

男服務員一笑，說：「大家的小姐囉！你管她誰家的？」

家聲自然沒敢與小姐碰面，可回美國後，他不止一次提起此事，一是表示他不是英雄，卻過了美人關，二是表示對小姐這一稱呼覺得很有興趣。明明是做見不得人的事的風塵女郎，卻有了個羞答答的稱呼。

在日本，小姐是指有錢，有地位，有教養人家未出閣的潔淨女孩。已婚的女人不再可以享受小姐稱呼，風塵女子那怕芳齡二八，也絕對不可稱小姐的。

在華人世界，小姐也可以視為女權主義的象徵，表示女人的自尊自重。比如婚後的女人，可以稱為某人的太太，也可以不理這一套，叫自己是小姐，並堂而皇之的冠以本姓。比如我，可以稱為何太太、夏小姐。我想突出自己時，就會稱自己是夏小姐。

在大陸，小姐既做為風塵女郎的代稱，倒使正經女人不願意再沾小姐這一稱呼的邊了。當然，區別還是有的，普通人家的小姐可以冠以本姓，而風月場上的小姐卻大都沒有姓，叫做春花小姐，秋月小姐，甜心小姐，花裡胡俏的。

其實，這裡面倒是有些古意的，宋代人稱妓女為小姐，元朝時仍有此風俗，良家未出嫁的女孩子稱小娘子，不稱小姐。

也許，為了配合大陸復古的小姐旋風，我們應該趕快和小姐劃清界線，稱自己是小娘子，以與小姐對衡。

那麼，我就變成夏小娘子了？古意倒有，只是自己念著都不禁笑出聲來，何況從別人的口裡叫出來？

小姐像旋風一樣，盤旋在中國大陸的繁華都市，偏遠小鎮，政府部門，民營企業。

「你要男人打拼，要他上得了檯面，成為人物，那你就免不了放他一馬，讓他和小姐周旋。」一位女人說，沒有出息的男人小姐不纏他，而有出息的男人身邊少不了小姐。

小姐各層次都有，雖然她們一律被稱為小姐，出身卻極不相同。有大學生，甚至碩士、博士做小姐，也有大字不識的鄉下女孩背包一捲，爬上火車，搖身一變也成了個小姐。

有的小姐身價百倍，在北京某些俱樂部中，光加入會員權就要上萬美金，在俱樂部喝一杯咖啡就是平民百姓一個月的菜錢，何況叫小姐，她往你身邊一坐，你的錢包就空了一半。這種小姐，英文、日文說得溜，出門有汽車接送，她上一次美容店就花掉上百美金。

有些小姐窮如乞丐，流落街頭，連飯錢都沒著落，但小姐畢竟還是小姐，她再窮，再落魄，嘴唇依然抹得通紅，穿著今年大陸最流行的吊帶裙，赤裸著的上身在陽光下有些招搖，她雖窮，但小姐的架子卻沒倒，當然她的小姐生涯是絕對不能與高級俱樂部中的小姐相提並論的。

小姐一般是獨身，有好男人她們也會嫁，但看上她們，願意和她們結婚的男人並不多。良家婦女瞧不起小姐，又懼怕小姐奪走她們的丈夫，她們對小姐真是又恨又怕。也有不少良家婦女覺得小姐旋風並不可怕，小姐勾引男人，要他拋妻別子的很少，小姐有小姐的職業道德，她們把和男人鬼混當做職業、工作，並不投入感情，人一走，茶就涼，相逢開口笑，過後不思量。

小姐既滿足了男人尋花問柳的好奇心，又維護了家庭結構的穩定，比第三者要好得多，有些太太這樣認為。

可更多的人認為小姐腐化了社會風氣，實在應該引起人們的警惕。

我同意此說。

情人旋風

中國古代歷史上，很少有情人之說，情人是西方文化東漸的產物。古代但凡有一些身份的男人，或為情，或為欲，或為傳宗接代，生兒育女，都會在明媒正娶的太太之外，再娶一二位小妾，俗稱小老婆。

蘇東坡很風流，他任職杭州時，看上了當時年僅十四歲的歌姬朝雲，兩人應該有一些感情基礎，至少，蘇東坡覺得朝雲聰明美麗，而朝雲也覺得四十多歲的杭州知府，即相當於現代的杭州市長蘇東坡有錢有勢，有才有情，貌差一點，蘇東坡下巴太翹，眼睛又好像不很大，可朝雲不在乎。

林語堂最會揣摩古人的心思，他這樣描繪官太太們和歌姬們的蒼涼心境。

「太太們以恐懼的眼光打量歌姬，歌姬卻以羨慕的眼光看著太太們。歌姬們衷心希望自己能贖身嫁人，像太太們一樣生兒育女。」

本來，蘇東坡可以和朝雲僅僅做為情人，不論婚嫁，但在中國人的道德觀念中，是不允許情人存在，只承認小老婆的。

於是，蘇東坡只好把朝雲娶了回來，當時，蘇東坡和太太的感情很好，太太是四川人，和蘇東坡一樣愛吃川菜，她姓王，是蘇東坡死去了的第一位太太的堂妹。

朝雲嫁蘇東坡後，一連生了好多個孩子，全都在不滿月就死去了，而且她也未過上一天好日子，彷彿這位可憐的前杭州歌姬有些晦氣，自從她進門給東坡做妾，蘇家就開始一再倒楣，蘇東坡從此貶到黃州、惠州，朝雲都一直陪伴著他，直到陪他貶到惠州時死在那兒了。

從蘇東坡的筆下可知，蘇東坡跟朝雲是頗有感情的，她是他一生中最愛的女人，可是她出身低賤，蘇東坡又已有妻室，做妾是她的命運，朝雲在惠州患痢疾而死，才三十一歲。臨死時，她念著金剛經中的一段偈語：「一切有為法，如夢幻泡影，如露亦如電，應作如是觀。」

她解脫了。

我說蘇東坡和朝雲的故事是想說明在古代，男人和女人很少能做情人，社會會把他們變成主僕關係，女人只能做男人的小老婆，如果這個男人已有太太的話。

情人是隱蔽的，而小老婆即妾卻是公開的，中國社會歷來不注重隱私，在男女問題上更是如此。

進入近現代之後，社會廢除了多妻制度，男人不再允許納妾、娶小老婆，於是西方的時髦——情人就開始進入男人和女人在婚嫁之外的感情生活。

這幾年來，在大陸情人問題越演越烈，彷彿到了這樣一個地步，你要是沒有情人，那你就落伍於時代，男人擁有情人是他的成功，而女人擁有情人則說明了她的魅力。

我的一位朋友告訴我，前些年，大陸離婚率非常高，這些年有所下降，如今，人們懶得離婚，離婚太傷筋動骨，太興師動眾了。

那麼，懶得離婚，是不是說明人們又開始安於婚姻現狀，過著那種沒有實質和內容的婚姻生活呢？

當然不是。

人們用情人來彌補婚姻的空虛，尤其是在中上層社會人士中，情人變成婚姻的補充，如同舊時代的妻妾制度一樣，只是有兩點不同，一是情人是秘密的，也有公開的，但極少。二是男女平等，舊時代男人納妾，女人相對比較被動，而現在流行的情人模式，女人和男人對等，甚至女人更有主動權。

據說有一對夫妻，兩家很要好，往來比較密切。甲家的太太看上了乙家的先生，而乙家的先生也喜歡上了甲家的太太，倆人關係日益密切，終於演變成了婚外情……

甲太太和乙先生為了達到生活在一起的目的，分別回家與自己的甲先生、乙太太打離婚。這一個「打」字十分形象，說明離婚的慘烈程度，實在讓人傷透腦筋。

正打得不可開交時，大陸流行起了情人這一新鮮玩藝兒，於是甲太太和乙先生不鬧了，她和他做了情人，跟著感覺走，大家都安心。

兩個形將破碎的家又平平穩穩的走下去了，當然甲先生和乙太太分別為他們的太太和丈夫的不忠暗自傷心，但舉目四望，周圍不少人都有情人，他們也就只好睜一隻眼，閉一隻眼了。

文學是敏感的，有一位目前在大陸很走紅的青年女作家就專寫情人主題，她的小說常常以第一人稱「我」的形式，敘說情人在現代社會中的行蹤。小說中寫到一位女人成了另一位男人的情人，這位女人常趁太太不在家時去太太的床上亂踏亂跳，這說明情人和太太之間還是不能真正做到相安無事，彼此都有怨恨，不然，情人為什麼要去太太床上造反呢？

情人和小姐（即從事色情事業的風塵女郎）是截然不同的。

情人注重的大都是精神領域的東西，而小姐除了錢什麼也不認。情人往往心甘情願，而小姐卻多多少少總有些委曲。情人是長期的，甚至一生的伴侶，而小姐則是一時一地的萍水相逢。

所以，情人比小姐來得高尚，來得持久。太太們甚至不怕自己的丈夫跟小姐混，卻萬分警惕情人的入侵。

情人也是第三者，情人並不安份於總是做情人，他或她只是在等待時機。因之，有情人介入的家庭就好像坐在火山口上一樣，隨時隨地會要爆發。

當然，情人也會突然離去，落得個黃鶴一去不復返，白雲千載空悠悠，或者情人反目，這樣的人生活劇，我們已看得太多了。

文革時，我是小學生，記得那時有一大罪名，叫亂搞男女關係。這個罪名也和反革命罪啦一樣嚇人，要披著破鞋，掛著大黑牌，甚至戴著高帽子遊街的。我還記得父母工作的大學有一對青年教員，男的太太在外省，女的先生也在外省，他倆都是紅衛兵，常常叉著腰，把其它有問題的教師訓得頭都不敢抬。

可是有一天深夜，突然有人發現他倆在一間教室偷情，當天晚上就開了批判會，我們小孩子也被亂紛紛的腳步聲和呼喊聲驚動，爬起床去看熱鬧，只見他倆跪在地上，胸前掛著黑牌，寫著流氓字樣，大人們要他倆一一坦白怎樣開始偷情的，地點、時間、細節，女的說記不清了，就有人上去一陣毒打，那男的見狀撲上去要救，也被人一皮帶抽得頭上鮮血直湧。

我覺得好可怕、好可憐，突然雙手蒙住臉，哇的一聲大哭起來。大人們一下驚動了，有人問，是某某的小孩嗎？有人忙說不是，是夏家的女孩子，「那你哭什麼？同情壞人啦，小心大了也犯這種錯誤！」一位長者警告我說。

那一幕永遠留存在我的心裡，揮之不去。幸好我長大了並沒有犯「這種錯誤」，但那一幕實在觸目驚心，以致有一天，當我身處美國這個西方的國家，在電視上看見柯林頓總統被逼得走投無路，大法官把每一個偷情的細節一問再問，讓柯林頓在全世界面前剝奪他的每一寸尊嚴時，我在想，此時此刻，會不會有一個像我當年一樣心情的小孩子正在重覆我走過的心理之路，會害怕、焦慮、不知所措？換句話說，對偷情是讓道德、良心來指責他或她，還是讓他或她在光天化日下丟醜呢？

在上帝的眼中，據說我們每一個人都不聖潔，所以有一次當人們圍攻一位偷情的人時，上帝說你們自己就沒犯過任何錯嗎？

上帝並不苛刻，相反倒顯示了他的寬容。

從妾到情人，應該說是社會的進步。

從和妓女鬼混到擁有一個情人，應該也算得上品味的提高，情人畢竟擁有比妓女更多的屬於精神領域的東西，事實上，許多情人正是在精神生活上彌補了婚姻的蒼白。

然而，情人依然是婚姻的大敵，是不忠實的行為，在一個健康的婚姻中，情人是不可能長期潛伏，甚至浮上水面興風作浪的。

可是，當婚姻本身變得平淡乏味，不能給人帶來快樂，反而帶來痛苦，而離婚又會傷害對方，傷害孩子時，情人難道不是一個有效的婚姻調節器嗎？

肯定不是，你可以或者一了百了，把這婚姻徹底結束，或者，為什麼不試著把太太當做情人呢？

這並不難，在下班的路上，拐進一家花店，給太太買一束鮮花。

打一通關懷的電話。

幫她把廚房水池子裡待洗的碗洗上幾個。

告訴她，你心目中的情人甚至現實中的情人為什麼吸引你，她知道後可以去學習，世上無難事，只要敢登攀。

容貌可以改變，性格可以修練，氣質可以提高，把太太或丈夫培養成你心目中理想的情人，要比把情人培養成太太或丈夫有意義得多，也容易得多。

用法律術語來說，前者理夠（英文合法的譯音），後者不理夠。

做理夠的事，不做不理夠的事，天下就太平了。

情人旋風儘管吹，你平心靜氣，守住你心中神聖的一方，你就會獲得真正的愛，真正的幸福。

麻雀緣

我對打麻將一竅不通，連望一眼的興趣也沒有。去朋友家聚會，最怕有人拖出一塊布來往桌上一鋪，稀裡嘩啦就開了牌局。我一聽那稀裡嘩啦的聲音就覺得很寂寞。於是牽連著，竟覺得人生也隨著寂寞起來了。

日本人很愛打麻將，日文麻將叫麻雀，不知為什麼要換上飛來飛去的小鳥名。麻雀男人才打，女人絕少。而且不在家中打，一定要在麻雀店裡打。

麻雀店一般白天休息，晚上才開門營業。大的店有牌桌上百張，小的店才十多張，牌桌一律是電動自動洗牌的，牌與中國式的麻將幾乎一模一樣。

客人打麻將，牌桌便開始計時間收錢，打的越久，來打牌的人越多，老板就越能賺錢。但這個行當不是一般人能承擔的，來打麻雀的人大都有賭博性，一旦輸了，會憤而開打，鬧出人命來，所以麻將店的門前一律要掛一個小招牌，叫暴力團禁止，意思是不允許暴力人員來店裡搗亂，但事實上，開麻將店的老板好多本身就是暴力團的，至少，也跟暴力團（即日本黑社會人員）有關係，不然他哪裡敢開這種店子呢！

有一年夏天，那時我還在大學留學，一位中國女留學生來找我，她叫澤麗，是農學部的留學生，澤麗家八輩子也沒出一個農民，但據她說考大學時，她考的分數很低，只有農學院要了她，她是研究母雞生小雞的，就這麼一點兒事，卻要做出博士論文來。

澤麗每天在大學的養雞場忙得兩腳朝天，據她說她的研究很了不起，先要給母雞找對象，然後讓牠們結婚，有的母雞患不育症，有的公雞性無能，麻煩著呢！

澤麗整天忙著幫雞結婚生育，自己卻是獨身，連男朋友也好像沒有。

澤麗長得平平淡淡，貌不驚人，但她天生皮膚好，細嫩如脂，吹彈得破，配上小鼻子、小眼、小嘴巴，安安靜靜像一只瓷娃娃。

澤麗說：「小舟，你幫我去麻雀店打一個月工，拜託，拜託了，我要回國去瀋陽農業大學做研究，一個月你好好混下來，我回來給你帶好吃的謝你。」

我只好答應。

按著澤麗給的地址，我找到處於城中熱鬧地段的一幢五層大樓，麻將店在最頂層，有三十多張牌桌。我的工作就是當客人打麻將累了，餓了時會叫外賣，我就過去把他們要的東西記下來，再回來翻電話簿，給店家打電話叫他們送來，並幫助客人付帳，等客人打完麻將給帳時再把他們叫的東西一塊結帳。

我覺得這工作不難，工資也很不錯，就是老板的眼光怪怪的，他一個勁的跟在我後面追問澤麗的事，比如澤麗是回國做研究還是處理個人的其它事？澤麗有男朋友嗎？澤麗的錢夠用嗎？澤麗是不是中日混血兒？（後來我才知道，澤麗的母親是日本戰時殘留中國的日本軍人之女，父親是中國人）問得我一頭霧水，我一個勁的擺頭說，稀那那意，稀那那意。（日文不知道的譯意）

老板好氣，眼一瞪說，就知道稀那那意，往後我就叫你稀那那意小姐好不好？

我有些委曲，眼一眨，想哭了。

老板把手搭在我的肩上，我一抽身，他的手落了個空，他雙眼緊逼著我說：「夏小姐，放心，你是澤麗的好朋友，也就是我的好朋友，我會待你好的，哎呀！一個月真是太久了呀！澤麗這死丫頭，一走就是一個月！」

我這才正眼看了他一下，發現老板很英俊……

我很快發現麻雀店的這份工作對我實在不合適，我是一個比較自由散漫，稀裡糊塗的女人，用家聲的話來說，是思維、行動缺乏協調性，鍋裡煎著魚，人卻跑到院子裡去種蔥了。如果去摘蔥那很合理，煎魚要蔥嘛，種蔥就有些亂來了，結果魚煎糊了，蔥還要幾個月後才長出來。

客人一百多個，這個要吃壽司卷，那位要吃蕎麥麵，還有一位嚷著要喝一種怪牌子的酒。快快記下來，快快翻電話簿，那客人還伸著脖子在叫：「喂，不要給我叫王將（日本一快餐店名）的拉麵喲！王將的拉麵多是多，可味兒差勁，幫我叫平和樓的，那掌勺的是我的老相識！」

多搗亂呀！我低著頭，飛快的翻開電話簿，又努力用敬語壓低嗓門要店家快快送來。不一會，樓下摩托車聲震如雷，日本送外賣多用摩托，因摩托快，可以在窄窄的街道上穿行無阻。

如山的食物堆積在麻將店前，我要把它們捧進來，當場付帳，計帳，我是個在錢上缺心眼的女人，日元雖不至於像美元一樣百元大鈔和一塊錢差不多，可手忙腳亂之餘，也有把一萬當一千元付出去的時候。

老板晚上一算帳，發現虧空了，他倒信任我，知道不是我貪污，而是腦子笨一點，他唉聲嘆氣的說：「你呀！趕得上澤麗百分之一就好了！她怎麼還不回來呀？」

老板定定地望著夜幕下的燈紅酒綠的街景許久不出聲，末了回過頭來對我說：「我想念她。」

我心裡一沉，想起了澤麗的那一雙安靜的眼睛。

老板有太太，太太家已三代從事麻將業，她是獨生女，又是小兒麻痺症患者，不能操持店務，所以老板被當做上門女婿招了進來，他隨太太姓平野。

男人隨女人姓，這在日本社會，他是矮化的，微不足道的男人了……

澤麗從瀋陽打了電話給我，說是還要延長十天半月，課題做不完，與她同行的日本教授不放她回來，她在電話中笑著問：「店裡的活還能挺下吧？」

我一腔委曲正準備向她吐出來，但話到嘴邊又吞了下去，電話費一定很貴，再說是我自己笨，不是澤麗的錯，我能說什麼呢？

晚上回到店裡，老板的臉陰得像暴風雨將要襲來的壞天氣，他一定也知道澤麗要延期的事了，那一晚上他甚至把客人都得罪了，一位常來常往的客人說：「老子下次不來了，在你這搓麻雀，手氣倒好，心氣不平，拜拜啦您呀！」

我被他指使著像風中的轉輪停不下來，在接外賣時，一位中華料理店的外賣員也是打工的大陸留學生，姓周，他見老板在一旁跳腳罵我動作慢很不服氣，就嘀咕了一句說：「以前的那位更慢，你怎麼不開罵？偏心眼！那位是你心上人呀？」他邊說邊往樓梯口退去，怕老板生氣罵，甚至打他。

不料老板一下子漲紅了臉，訕訕的對我說：「這小子好調皮，看我下次揍他！什麼心上人，心上人的！下次他一上樓我就揍他個五眼青！」

那一天晚上，老板再也沒對我發火。

過了幾天，小周又來送外賣了，老板不但沒罵他，還抓了一把糖塞給小周，糖是麻雀店必備的，每隔一段時間送給客人吃。

小周對我眨眨眼說：「瞧！這傢伙軟了吧！我看他和她就有事，她上班時，老板什麼都幫她做，她日文沒你說得好，常叫錯菜，害我白跑，老板不光不罵她，還付錢叫我們再送，送錯的就讓她坐在那吃，我親眼見的，能說他的冤枉話嗎？不是心上人能這麼待她？那女人真賤，和老板鬼混！那時，這麻將店跟夫妻店一模一樣，老板幫她管你現在這一攤，店裡還僱了一個人做老板的活（即打麻將的客人三缺一時，吃飯、入廁時幫客人接手打一把），哼！我每天都來這店送外賣，什麼我不清楚呀！」……

其實，不待小周說，我的心裡也明白了幾分，老板喜歡澤麗，這是肯定的，問題是，澤麗也喜歡老板嗎？心甘情願的做老板的情人？明明知道老板有太太，而且又是上門女婿，不可能離婚，不可能獨立？

一般中國女孩子和日本男人糾纏，無非是圖兩樣，一是國籍，二是錢，除非她和他真的有愛情，澤麗顯然應該是後者。

澤麗因母親是日本人，父親是中國人，她可以任意選擇國籍，澤麗是主動保留中國國籍的，因為她可以在入學時得到一些好處，例如避免和日本人競爭，澤麗也不窮，她母親的娘家是九州世家，擁有不少山林、房產，這光吃入息就夠了。

因為愛情？又好像不可能。澤麗自己是博士，當時她已參加文職高級人員考試，很有希望進入農業部門任高級政府官員，因為她的中國背景，她很可能做到與中國農業方面有關係部門的主管。而老板身無長技，寄人籬下，除了長相比較英俊以外，有什麼吸引人的呢？

可愛情是最盲目的，愛上了也是別無選擇，問題是澤麗她忍心傷害一位殘疾婦人，與她爭奪一位並不出色的男人？我有些不解，心裡反而昇騰起替澤麗擔心和惋惜的情緒來。

老板每天在日曆上打一個狠狠的叉，彷彿與日子有仇，他一定是在盼望著澤麗快一點回來。

麻雀店的唯一危險是客人有時會借打麻將賭博，輸光了的客人會不顧一切大打出手，甚至鬧出人命來。如果叫警察，警察會命令停業整頓，唯一的辦法是店老板挺身而出，武藝高強，沉著冷靜，威逼雙方，維持平安局面。

有一天夜裡，一位客人突然拍桌而起，撲向贏了錢的客人，兩人廝打得不可開交，祇見老板一個箭步衝上去，左手扭住一方，右手扭住另一方，一下就制服了騷動。

老板的臉被客人抓出一道血印，鮮血順著眼角汩汩而流，他用手捂住臉，大聲對我吼道：

「你是木頭人呀！快找藥布包紮！」

我手忙腳亂的給他用藥棉止血，他看著我，一字一句的說：「幹我這行的，早就準備流血，生命如火花，反正都是閃一下，怕什麼！」我又聽他說：「澤麗的手很輕，她用手一按，血就聽話的止住了，這丫頭，玩野了，還不快回家呀！」

我的心裡好一陣難受，一連好幾天，都在眼前晃動著老板血淋淋的臉……

一個半月後，澤麗回來了，從此，我再也沒有去過那麻雀店，出於禮貌，我也沒有向澤麗打聽她和老板的事。

後來，澤麗畢業去了中國一所農業研究所，這使得很多人替她惋惜，但有人傳說她是為了去中國找丈夫，她母親希望她嫁中國人，解決了中國丈夫的問題，她會再回日本的。果然，澤麗在中國工作了兩年多，帶回了一個很不錯的同行，兩人一同在東京近郊一家大型養雞場做技師。

有一次，澤麗回九州福岡出公差，專程向大學學生科打聽我的地址，來找我敘舊，晚上，就沒有回住處，留在我那聊天。

我無意中說起了麻雀店老板的事，澤麗的笑容凝固了，她問我同情算不算愛情？我說是愛，但不長久，她說，你倒挺有見解，早知道問你好了，那時見你個人婚姻不幸，心想你在這方面是失敗者，怎好問你呢！

澤麗說老板的確很喜歡她。老板家境貧窮，加入了暴力團，在一次械鬥中被警方收押，算是有了犯罪紀錄，總也找不到工作。後來有人介紹他和麻將店傷殘的女老板相識，要他和她結婚，做上門女婿，他萬般無奈只好接受，但並不愛她。

澤麗到麻將店打工，老板不顧一切愛上了她，但澤麗一點也不喜歡老板，老板要死要活的揚言要情死，澤麗又害怕又同情，只好和他有了關係。

「那時我很痛苦，幾次想離開他又不忍心，覺得他是人生失敗者，好可憐。我母親也不愛我的父親，但我爺爺奶奶在戰後收養了母親，不然日軍撤退後母親早就死了。後來外公要舅舅去中國把母親找回來，母親要走，父親說你要走我就死給你看，母親就一直留在中國，直到父親患病去世，有時，人真的不忍心，我對老板就是這樣的……」澤麗說。

「可這對太太不公平，他是有婦之夫，怎麼可以亂來？難道太太不可憐嗎？」我總是站在被婚姻中的第三者傷害的立場上說話。

「不一定吧？太太知道此事，她求我不要扔掉老板，她說他好可憐！」

澤麗平靜的說，朝我淒然一笑。

卷三　男女世界萬花筒

男人和女人是這個世界的主旋律，
我們每一個人從胎兒時代開始
就服從了做一個男人或是做一個女人的命運，
男人和女人演出了這人世間最多彩繽紛的一幕……

男女世界萬花筒

以愛為職業

張愛玲總有一些對世事洞察如火的敏感甚至是尖刻，有一次，記者找了她和蘇青兩個人對談，當時她們兩人是上海最走紅的女作家，張愛玲說話不多，蘇青卻大發議論，但張愛玲突然冒出一句說：「有些女人本來是以愛為職業的。」

記者聽了這話，顯然頗有些吃驚，就立即接了一句說：「專門以愛為職業的女子恐怕只是少數人吧？」

張愛玲很肯定地說：「並不少。」

我讀到這，不禁啞然失笑，想像得出張愛玲的固執與堅持的性格，然而以愛為職業的女人在我行舟天涯的人生日子裡，倒也見過一些，甚至真的並不少呢！

我們有一位女親戚，姓潘，我只見過她幾面，她的人生故事在親戚友人中人人耳熟能詳，我的母親常說潘家表姨談了一輩子戀愛，直到她壽終正寢。戀愛使她年輕，七十多歲的潘表姨依然風韻楚楚，南京熱，她穿著一身深黑色的湘雲紗，一雙耳墜子吊在依然圓潤的耳垂上，手裡是一把香蒲草編就的扇子。母親說，這是潘表姨年輕時在學生劇團主演少奶奶的扇子，她的這把香蒲扇就是對當年青春年少的日子的追憶。

潘表姨一身無長技，少女時代學的是沒出息的倫理學專業，她連國語都說不好，一輩子沒有離開過南京，說起北京來，就好像遠在天邊似的，「瞎！那麼遠的遠地方。」潘表姨輕搖著香蒲扇子說。母親卻認為，潘表姨走不出南京，是因為上帝安排與她相遇的男人都住在南京，她一生的職場就在這裡，她是一個以愛為職業的女人。

潘表姨不停地戀愛，從十四歲愛上常在家中走動的周先生起，她就掉入了愛的怪圈，從此再也沒有走出來。

周先生是留洋回來的洋博士，家境殷實，自己也有本事，但他奉父母之命要早點完婚，找個十四歲的黃毛丫頭算怎麼回事呢？於是，潘表姨白愛了一場，周先生娶了別的小姐啦！

潘表姨沒有做成周太太，傷心了一大陣，接著又是一場轟轟烈烈的戀愛，愛上了一位姓詹的同學，這場戀愛依然沒有結果，原因和上次一樣，皆因年紀太小怎能出嫁。

潘表姨不看別的書，只看張資平、張恨水的戀愛小說。潘表姨也沒有要好的女友，她的朋友都是男人，而且朋友不了兩天，就變成了情人。情人太多，潘表姨寫情書時可以一式兩份，甚至三、四份。潘表姨每月零花錢都花不完，因為老有熱情的男士請她吃飯，買些禮物討她歡心。潘表姨不是交際花，她這一輩子最不愛交際，也不會交際，她是真心地愛，見一個愛一個，捨不下這個，扔不下那個，有點像紅樓夢中的賈寶玉，覺得天下的男人都應該和她戀愛一場。

潘表姨的戀愛很少專注於床笫之歡，她是個重愛不重慾的女人，戀愛了一次又一次的潘表姨據說一直保持了她的處女貞潔。她比誰都天真，愛情本來就是天真，甚至傻裡傻氣的人生迷魂湯。戀愛中的男人和女人都很少會有壞心眼，心腸軟得像一根柔和的湯麵。

潘表姨對出嫁也似乎沒有太多興趣，她注定把她的女人生涯定格在東飄西蕩的愛之船上，很少想到應該安定下來去嫁一個男人，把小船駛進港灣。

她不是現代的非常男女，覺得婚姻是框架，是圈套，不想往裡面鑽。她只是天生下來就只會戀愛的人，不斷地製造認識一個男人、愛上一個男人、失戀、分手的怪圈。

她終身未婚，最後一場戀愛是六十九歲那年發生的。她有一次摔傷了腿，住進了醫院，認識了同病房的一位女病友的弟弟，她就熱烈地愛上了這個五十多歲的男人，結局當然一如從前。

潘表姨無疾而終，在房間裡掃地，一下就倒了下去，從此再沒站起來。親戚為她料理後事，發現她一無所有，卻珍藏著從少女直到老婦的年華中接到的無數情書，她一生中無所作為，甚至連正式職業也沒有，哦，不對，應該說，她是一位以愛為職業的女人，她來到這個世界上，只為這一件事情而來……

一個以愛為職業的女人，她的一生該不會乏味的吧！但這愛只有過程，沒有結果，總讓人感到遺憾。我對潘家表姨，就常懷有遺憾的情緒，幸好潘表姨自己，倒是無怨無悔。

大愛和小愛

朱梅比任何人都清楚，成思遠是個什麼樣的人。

當年為嫁他，朱梅不知傷了多少次心，流了多少次淚，知道他不是一個好男人，卻心甘情願的投入了他的懷抱。

成思遠沒有追求過她，一次也沒有。

他站在那，離她遠遠的，彷彿怕距離太近，她會看破他的心事，當然，這是朱梅婚後的回想，那時候，她以為他清高，而朱梅平生最敬佩清高的男人。

朱梅出身在一個下層人家，父母沒地位，也沒錢。朱梅像許多女人一樣，相信婚姻可以改變女人的命運，所以她一直在苦苦尋求，從很年輕的少女時代，她就看上了成思遠，她和他是高中的同學。

他們的座位很近，朱梅坐前排，成思遠坐後排，記得高中三年，她沒敢回過頭，她害怕突然觸到他的目光。

直到後來嫁了他，朱梅還是不敢或者說不願觸到他的目光。

俗話說，夫妻一條心，黃土變成金，可朱梅怎麼努力，也總是像成思遠氣呼呼的指著她的鼻尖所罵的一樣：「你和我離心離德，哼，你呀！咱們是同床異夢。」

每當這種時刻，朱梅便低下頭，一語不發。

她能說什麼，一場人生中好人與壞人的戰爭？

記得每個人的童年都有一段回憶，小孩子昂起頭問媽媽，是好人還是壞人？

其實，人生遠不只這麼簡單，某些人眼中的好人正是另一些人眼中的壞人。

可是，好丈夫和壞丈夫的標準是一定的，愛家，愛太太，愛小孩子，努力掙錢養家，沒有不良習慣，你看那些徵婚廣告不都是這樣說的嗎？

可是，好丈夫和好人是一回事嗎？朱梅有些迷惑了……

說起來，成思遠絕對算得上一個好丈夫。

他的世界裡朱梅很貴重，他把她緊緊的拴在自己身邊，可他那心境和神情就像一位酷愛珠寶的婦人，佔有慾流露在臉上了。

他是絕對的自私自利者，有一次，朱梅出電梯時扶了一位老人家一把，結果電梯門夾了朱梅一下，不疼，只是有點讓朱梅受了小小的驚嚇，誰知成思遠像被火燙了一下的跳將起來，一把把老人推開，說朱梅如何如何不小心，直說到她要哭出來。

回到家，她把這事忘了，而成思遠卻滿屋張羅著要給她找藥水，塗抹一下擦破了一點皮的腳後跟。

朱梅回家從不敢跟他談起她工作的公司的事情，她要說誰欺負了她，成思遠去找那人拼命。

他不關心外界的大事，小事，除非與他有切身利益的，他的心中只有朱梅和孩子，他把她們安頓得像皇后和公主。

他和天下的人都彷彿有仇，只有對朱梅，他有一份愛。

朱梅的耳朵裡常聽到人們指責成思遠做人苛刻，不與人為善的話，她真的很痛苦，不知道他為什麼不能把他對她的那麼多愛分一點，那怕是少少的一點給他人。

每當朱梅聽女友們抱怨自己的丈夫如何不好，朱梅就無話可說。

有人說，當你選擇你的終身伴侶時，一定要看他對別人怎麼樣？因為他對別人都好，對你肯定會好。

朱梅想，這是多麼正確的理論！成思遠對別人都不好，唯獨對自己好。

做好丈夫容易，做好人難。

對一個女人好的男人並不值得去愛，對天下人都有情有義的男人才是真正的好男人。

愛天下人是大愛，愛一家人是小愛。

只有把大愛和小愛都集於一身的人，才算得上是好人。

結婚十年，朱梅得出了這一結論，她把這結論告訴我，希望我寫給大家看。

有了大愛的人，很容易實現小愛。

只有小愛的人，離大愛還有一段遙遠的路要走。

治家比治天下易，愛天下要比愛家難。

好丈夫不見得就是好男人，但好男人是可以選擇他做丈夫的。

他對天下人都好，唯獨對你不好，那不要緊，說明他不愛你，你在他心目中沒有位置，離開他，去尋找另一位愛你的人，可你走得無悔無怨，你和他，至少可以還有一段交情。

他對天下人都不好，唯獨對你好，那可就要警覺了，說明做為一個人，他已不足為取，你應該勇敢的離開他，你在他心中的位置，只是一件物化的東西，這種自私的愛，只能給你帶來苦痛。

選擇情人，丈夫，也是選擇一個社會性的人，品德永遠是重要的。沒有品德，只有抽象的愛，這種愛，怎能持久呢？

愛上一個自私自利的人，肯定是悲劇，除非，你也一樣，你們正好同流合污。

近朱者赤，近墨者黑，一生一世的婚姻，怎能不百倍警惕呢？

希特勒最後的情人愛娃，對希特勒的愛至死不渝，寧願與他同歸於盡，這種愛算得上愛嗎？也許希特勒對愛娃的愛也是一心一意的，可這種小愛與他對天下人的大罪相比，脆弱得不值一提。

所以，我一直認為，在選擇伴侶時，品德的基準最重要。

財產可以喪失，地位可以失掉，容貌會隨歲月磨損，只有一顆金子般的心，可以永遠依靠和信賴。

只能做情人

有些男人和女人天生就是個做情人甚於做丈夫或太太的，紅樓夢中賈母為寶玉選太太，頗有些費盡心思，說起來，賈母和林黛玉血緣更近，賈母是林黛玉的外婆，寶玉的奶奶，在那種時代，近親結婚不僅允許，甚至還受到鼓勵，可老太太卻捨黛玉而取寶釵，活活拆散了一對愛得刻骨銘心、死去活來的小兒女。

賈母為什麼要這麼狠心？這麼糊塗？這個奧秘牽掛了古往今來許多紅學者和讀者的心。有人說，大觀園中有父黨、母黨之爭，賈政是父黨，賈政的太太王夫人是母黨，王熙鳳、薛姨媽都是王夫人的娘家人，母黨當然希望寶玉娶薛姨媽的女兒薛寶釵了。

可是，賈母是賈政的母親，王夫人只是她的兒媳婦，黛玉又是她親生女兒唯一遺愛人間的孤女，她為什麼不站在父黨一邊，反而與母黨勾結？要知道，娶薛寶釵、棄林黛玉可是這位老太太的餿主意呢！

依我個人之見，這賈母是個天下絕頂聰明的老太太，她捨黛取釵，為的是黛玉是個天生給男人做情人的女人，而寶釵卻是個做情人味同嚼蠟，做太太卻是優秀人選的人物。

黛玉一進大觀園，就在賈母支持和鼓勵下與寶玉終日廝守。其實寶玉和女孩子玩的脾性也是賈母精心培養的，王夫人就說過這話，當黛玉初到賈府來時，自幼家教嚴謹的黛玉鄭重其事的對王夫人說：「況我來了，自然只和姊妹們一處，兄弟們是另院別房，豈有沾惹之理？」王夫人便笑了，說：「你不知道原故，他和別人不同，自幼因老太太疼愛，原係和姊妹們一處嬌養慣了的。」寶玉與女孩子廝混，說來說去，都是賈母的主意。

賈母對寶黛之間的感情糾纏看得比誰都清楚，她不光不反對，還支持得很。她知道，林黛玉是個天下最有味的情人，論美貌、論氣勢、論風情、論聰明，有誰能及？

於是，賈母便由著她用少女之情把寶玉包裹得透不過氣來，賈母是大觀園中最欣賞這場寶黛情愛的明眼人，在她的支持和庇護下，林黛玉和賈寶玉這一對天真無邪的情人渡過了他們人生中最美好的時光……

寶玉一天天成長，終於成長到需要一個太太的時候了。封建時代，男人可以有妾，卻不可以有情人。林黛玉的身份是絕對不可以做寶玉的妾的，做太太她更不合格，她尖刻，使小性子，她太有主意，愛起來又沒遮擋，她的人生字典中除了愛，沒有其它的內容。

賈母開始放出話來，這些話對林黛玉都極為不利，賈母是怎樣評價她的呢？

林丫頭那孩子倒罷了，只是心重些，所以身子就不大很結實了。要賭靈性兒，也和寶丫頭不差什麼，要賭寬厚待人裏頭，卻不濟她寶姐姐有耽待，有儘讓了。

是呀！做情人心重的女人才好呢？一會兒惱了，一會兒樂了，一會兒冷若冰霜，一會兒情同烈火。若太太也這麼鬧起來，男人受得了嗎？做情人病怏怏的女人最有情趣，病弱的女人像秋天的紅葉，雨中的花兒，夜的惺忪的星。做太太就不合適了，太太要生兒育女，要操勞管理家務，所以當舊時男人休掉太太的幾條理由中，身患疾病是很重要的一條。

做情人的女人用不著會做人，寬厚謙讓，人際關係根本輪不到她來平衡，她最好心目中只有那一個男人，她的世界很狹小。

賈母就是這樣，徹底否認掉了嫡親的外孫女兒黛玉，卻把與她並無多少親緣的寶釵扶上了太太的寶座。

林黛玉走完了她美麗燦爛的少女情愛人生，她命中注定只能做寶玉的情人。幸好高鶚續後四十回紅樓夢時，體諒到曹雪芹的一片苦心，我們真應該感謝這個高鶚才對，感謝他維持了黛玉的情人身份，如果黛玉完成心願，成了寶二奶奶，那才是真正的悲劇。

有些女人能做好男人的情人，卻做不好男人的太太。但大多數這樣的女人都不知曉自己的命運，她們渴望名份的肯定，如林黛玉似的朝思暮想，感嘆著自己「若說沒奇緣，今生偏又遇著他；若說有奇緣，如何心事終虛化？」殊不知做情人和做太太是天與地般的不同。

賈母正因為最了解她的外孫女兒才不致於把黛玉推向一個她無法承擔的人生角色。她保全了黛玉正確的人生角色，卻因此毀掉黛玉的愛情歸宿而把她送上黃泉路，紅樓夢的悲劇意義也許正是在這裡。

如果寶玉不娶，黛玉不嫁，繼續著他們的純愛，真愛，紅樓夢反而會有一個愉快的結局吧！

薇和瑜的故事

薇到那所東部大學做學生時，瑜是她的同一位指導教授的同學。

薇不漂亮，但很精緻。她永遠穿著比自己身材大一點的衣，這使她有了一種被包裝起來的神秘感。她到超市去，買了一包美國女人才用的粟色染髮水，把頭髮染成淺粟色。她就披著這一頭淺粟色的飄髮，走進了瑜的心間。

她和瑜成了戀人，相愛了整整四年。在薇的心中，瑜是她在這個世界上唯一深愛的男人，而瑜呢！薇彷佛是他命運中的女人，他常常把頭放在她那剛剛洗過，還散發出陣陣橘子香味的髮間，這使他覺得安全，在他的外婆家，院子裡就種著這樣一棵橘子樹，一到春夏之夜，橘子樹就散發出略帶苦澀的清香來，而這遙遠的橘花香，如今就從薇的髮間傳遞出來。

沒有男人再追求薇，大家都知道薇是佳人自有歸。也沒有人圍著瑜，瑜的那副樣子彷佛再也裝不下多一絲的柔情。

大家都羨慕薇和瑜，這麼無風無雨的就解決了終身大事。

他們商量，一畢業找到工作就結婚。

他們一同趕寫畢業論文，剛剛印好的薇的論文上寫下了這樣的卷首語，獻給瑜。指導教授會意的一笑，他也接到了瑜交上來的論文，卷首語是，獻給薇。

畢業前的那一段日子緊張而歡愉，畢業典禮上，一位興奮的男同學居然脫光了衣服在校園內狂奔，警察開著警車急如星火地趕來，男同學早已西裝革履地上臺領畢業證書去了，在這金子般的日子裡，有什麼不可以原諒的呢？

薇和瑜同時申請工作，他和她的專業相同，教授寫推薦書時，常常一式兩份。

那一段日子有些疲倦，他們一次又一次地去面試，又一次又一次地被否決，他們寄出了上百份求職信，卻泥牛入海，杳無音訊。

幸好還有愛情。他們彼此安慰，相濡以沫，為節約房租，他們各自退掉了自己的小公寓，搬到一起住了……

在心如燎火的漫長等待後，他們終於接到了兩份工作，一份是給薇的，在德州奧斯汀。一份是給瑜的，在華州西雅圖，他們曾一同申請過這兩家公司的工作，可是，命運喜歡捉弄人，一家公司要了薇，而另一家公司卻只肯要瑜。

瑜要薇放棄，只跟他走。薇要瑜放棄，因為兩人都知道，瑜進的那家公司沒有薇的好。瑜考慮了兩天，告訴薇說他不能跟她走，做為男人，他有自尊心。

瑜去了華州，薇去了德州。他們在房間裡各自清理自己的東西，相處四年來，第一次開始分彼此。薇說，這是你的，那是我的。瑜在一旁暗自傷心，但在挑揀行李時，他也細心地在區分這是你的，那是我的。

他們最初依然通電話、寫信，甚至你飛去看我，我飛去看你。但在人生的重大擇抉關口，他們堅守了自己的一方陣地，誰也沒把自己交給對方，從那一刻起，他們的心便疏遠了。

當感情淡得不能再淡，那一根看不見的紅絲線便呼地一下掙脫了。瑜有了新女友，結了婚，生活幸福。薇也嫁了人，先生與她同一家公司，他們一同驅車上班、下班。有時在飛馳的車流中她彷彿看見一張臉，瑜的臉。她慌忙理一下她早已剪得短短的短髮，從車前的鏡子裡，她看見自己一頭黑髮，那留著淺栗色卷髮的女孩子到哪兒去了。

她開始回想流駛了的歲月中發生過的往事，心不在焉起來。她到超市去，給自己挑淺栗色的染髮劑，她生了一個弱不禁風的女孩，給她起名叫念瑜，丈夫說，瑜是誰呀！她說，我的一位待我很好的親戚。

後來，薇離了婚，她帶著女孩子來到華州工作，與瑜所在的城市相隔三小時車程，她給瑜掛了電話，電話那頭，瑜的聲音清晰得像他過去在她的耳邊說悄悄話。

「我會去看你，我太太一直很想見你，她是一位作家，總想寫寫我們的故事……」電話中，瑜愉快的說。

薇放下了電話，她覺得眼前晃動起來，她彎下腰，對女兒說，孩子，媽媽想給你改個名字。

只因母愛

周先生是外子家聲的同事，也是我家的常客，逢年過節我們都請他來，他每次來都在我家附近的花店買一束鮮花做為禮物。

鮮花用透明的塑料紙包著，他每次都紅著臉說一聲：「不好意思，本該撕下價錢，可它貼得太緊，我一動它，就怕撕破塑料紙，一撕破塑料紙，我就怕傷著花。」

周先生是一個細心的男人，我和家聲都這麼想。

周先生五十多歲，未議婚嫁。以他的人品、社會地位總該算是中上了。可他總說，沒辦法呀，沒有一位女人會跟我走。

我說，哪會至於這樣呀！

他說：「是呀！大家都這麼說，可事實的確如此，看上我的女人我媽看不上，我媽看上的女人我又看不上，我看上的女人我媽又看不上，瞧，六隻眼睛很難一致，一拖就是這麼些年了。」

周先生的母親我見過，快九十歲的老太太，顯得很慈祥，她前幾年摔壞了腿，行動不便，每次我們邀她和周先生來我家玩，她都以身體不好婉言謝絕，老太太有時還跟我通通電話，一口湖南鄉音，很是親切。

周媽媽婚後不久丈夫就患病去世了，她帶著遺腹子大陸、臺灣、美國四處漂流，沒有再嫁，悠悠半世紀，心心念念都在唯一的親人周先生身上了。

「母親年輕時人品出眾，再嫁的機會很多，但母親怕我受委曲，硬著心守了一輩子寡。直到現在，母親每天晚上還習慣的幫我捂一把被子，我咳嗽兩聲，母親就要伸過手來探探我的額頭發不發燒。母親老了，要坐在輪椅上行動，她探不到我的額頭，就急著喊，兒呀！你蹲下來，蹲下來，讓我探一下你的額頭。母親心中，我是她一生一世的命根子呀！」

周先生每次說都會眼角紅紅。

周媽媽自己守了一輩子寡，但對唯一的兒子，她一直是希望他娶一位好太太，生一大群好兒好女的。

周先生才六七歲時，就聽媽媽嘴上叨念誰家的女兒乖，長大了要幫他和她結成小夫妻。

周先生第一次初戀，卻是被母親一手摧毀的。

那是周先生一生的痛，母親不喜歡那個女孩，她站在門口，手上拿把掃把，女孩子從此不敢登周家的門。

「那時，我真想和那女孩子私奔。我收拾好行李，準備和女孩一同逃到鄰市。我騙母親說我要參加大學的野營，母親深夜在燈下幫我準備行裝，我無意中看見母親的頭髮已經花白了，我心好痛，撲向母親的肩頭，就這樣，我埋葬了我的初戀。後來那女孩給我寫信，信被母親發現，母親又撕又剪，又哭又叫，我看她比我還痛苦，從此許下願，只有母親喜歡的女孩子我才喜歡。

後來，我隻身來美國唸書，生平第一次離開了母親，我愛上了一位姓許的中國女孩子，她是我的同學，我們好了三年多。

母親知道了這個消息後，興沖沖的來到美國，她一眼就喜歡上了許，她給許織毛衣，做好吃的給她吃，她把許當女兒一樣，給了她好多母愛。

可許卻不喜歡母親，她躲著母親，像躲瘟疫一樣，問她為什麼？她又說不出來。

母親不知道許的心事，只一味的對許疼愛，現在還記得起來呢！母親在公寓的後院，種了好些荷蘭豆，又醃了湖南臘魚、臘肉，炒得熱氣騰騰的，母親蒸的蛋中間放一點石灰，這是我們湖南的石灰蛋，我愛吃，可許不愛吃，她一甩筷子，揚長而去……

母親愣在哪兒，眼中盛滿了淚水。

我走過去，攬住母親枯瘦的肩頭，一字一字的說：『媽媽，我並不愛她！』

許走了，其實我心裡一直愛著她，可她那樣對待我這一生最愛的母親，我怎能娶她為妻？

好多年後，我在波士頓開會時看見了她，她成了三個孩子的母親，我們一同在會議的宴會上進餐，她說，啟迪，我現在自己也做了母親，才知當年的年少不懂事，可這已經太晚了是不是？

她交給我一串別致的珍珠項鏈，我帶回來給了母親，母親捧著項鏈哭了一夜，說：『迪兒呀！她本來是我的兒媳，你的太太，為什麼卻做了別人的母親？』

母親在八十六歲那年，有一次小中風，我為她請了一位女護士，算是我的孝心。

女護士和母親情同母女，她和母親同住一室，每天陪伴著母親。

有時夜已深了，母親不能親自來看我入睡沒有，就打發她一趟。

母親有一次鄭重的向我提出來，說她很喜歡這位女護士，如果我不反對，母親希望我能娶為妻，把這孤苦零丁的女孩子永遠留在我們家中。

母親又含笑的悄聲說：『迪兒，我探過她的口風，她滿心願意哪！你是有學問的人，我們家又是正派的有根基的人家，她都知道的，不會推辭的。』

可是我一點也不愛這位女護士，感情是件很個人的事，母親喜歡她，並不等於我也喜歡她。我和她沒有共同語言，沒有感應，特別是我在獲知女孩子想嫁我也是為了解決她的綠卡後，我更不想接受她。

有一天，趁著她不在，我走進了母親的房間，我告訴母親說我不愛她，我情願一輩子獨身，侍奉母親。

母親哇的一聲大哭起來，我正等待母親的斥責，不料母親拉著我的手像兒時一樣，把我的手指頭一一扳在一起，說：『迪兒，我不怪你，這是我們的命，人，能抗過命嗎？』

是的，這是我們的命。」

周先生低下頭，神色暗傷，只有那一束花兒，開得千姿百態。

情感隨想三則

1. 黃昏戀曲

我們社區新近搬來一對老年夫妻，常常見到他倆手拉著手，在黃昏的晚霞中沿著社區的小道散步。他們的白髮在晚風中飄逸著，老太太的腿已不很靈活，她幾乎是半倚靠在老先生身上。他們走得很慢，每次路過我家，如果我正巧在前院種花或剪草，他們就會停下腳步，跟我閒話家常。久了，才知道，他們剛剛新婚不到半年，老先生七十歲，老太太七十三了。老太太兩年前有過一次輕微的中風，老先生則剛剛動過心臟搭橋手術，看見老人衰弱的身體，不禁心頭湧起一陣人生苦短的感覺，他們顯然已是風燭殘年的老人了。

有一天，老人邀我去他家做客，老太太顫抖著手腳，給我烤了一個蘋果派，老先生則捧出一個漂亮的大相片夾，給我欣賞他們的結婚相片。

我一張張翻閱著，心中充滿了甜蜜的感覺，相片上，他們宛如一對年華正好的年輕人，相依相偎。老先生說：「參加婚禮的人有三分之一是我的兒女和孫子、孫女，他們特意從全美各地來參加我的婚禮。」我不禁問道：「那太太的家人呢？他們也趕來祝賀了嗎？」老太太在一旁立即接上話頭說：「沒有，我父母早已去世，一個弟弟也在六年前患癌症離開人間。我終身未嫁，直到半年前在一個朋友的家庭聚會上碰見麥可，一見鍾情，決定嫁他。當時我身體狀況很不好，不過，我還是決定和他一塊共度人生的最後一段路程，因為我愛他，他也愛我，我等了六十多年才終於等到他，他是我一生中唯一想嫁的男人！」

我深深地感動了，為一對老人的黃昏之戀。這個愛情故事是美麗的、深沉的。她等了六十多年才等到他；她一定是個對愛情十分認真的女人，不遇到真正傾心的男人寧願不嫁。而他一定是個非常優秀的男人，才能打動老太太從少女一直封閉到垂垂老矣的心。

值得愛的人出現了，已是垂暮的人依然敢去愛，去始嫁，他們並沒有覺得他們已走向人生的盡頭，而是那麼滿腔熱情地去擁抱遲來的愛情，他們依然有一顆十分年輕，渴望的心！

以後，每次看見兩位老人我都向他們招手致意，我精心地照料著我的花園，我要在他們新婚周年時送給他們一束最美麗的玫瑰。

2. 內在美

家聲的朋友據說有特異功能，能一眼看穿人的五臟六腑。屢屢試過，都有些靈驗。這位朋友未婚，也還沒有女朋友，是待娶男士也。

城裡有一位女士，是良好家庭的小姐，年方三十，大是大了一點，但並不著急出嫁。小姐相貌很難看，難看得讓人可憐。不過她有一顆善良的心，大家都說她是一個內在美的小姐。內在美和外在美不一樣，這個世界上，大抵喜歡外在美，內在美看不到，美也不過是自美罷了。小姐這些年來知音難逢，不覺三十而立，還是小姑居處本無郎。

家聲要給小姐說媒，說的便是那位能透視人的男士。他對小姐說，妳的美有人能欣賞，他是上帝派來的，莫要拒絕喲！又對男士說，有一個好美好美的小姐，她的美是為你獨具的，只有你有福享有她，莫要錯過喲！

男士和小姐一同來我家相親，小姐抿著嘴笑，男士卻緊鎖眉頭。不一會兒，男士便起身告辭了。

隔了五天，男士託人帶話來，說小姐相貌太差，看一時容易，看一世恐怕很難，所以多謝成全之美，此事就當沒事一樣了吧！

從此，家聲便跟我說那人是騙子，理由很充份，那人和常人一樣，看不到內在的東西。「都說李小姐的心長得美，可惜我們不會看。他肯定也看不到，不然怎麼捨得不娶李小姐呢！」

據說，某男士如今不再說自己有特異功能了。

3. 窗　外

媽媽說，她是一個無可救藥的壞女孩。

她脾氣壞，又很刁，每天聳著雙耳，捕捉別人的疏漏，她永遠都有自己的看法，一點兒也不願意隨和。

鄰家的女孩宣佈不再找她玩，她說幫那女孩梳頭，狠狠的，竟揪下別人一束秀髮，因為她妒嫉，她從小就是頭上稀稀疏疏。

她知道自己沒有才華，卻特別憎恨別人有才華。她的目光追隨著成功者，與她毫不相干的明星、作家、有錢的大富翁，她都把他們一一記在心上，一聽說他們倒了楣，她就暗中笑，笑得咬牙切齒的。

後來，她學會了寫信，她的信全是寄給與她的生活軌道不接軌的人，她用最惡毒的詞語咒罵他或她，她稱這信是炸彈，她要炸掉收信人的信心和尊嚴，她躲在暗處，為自己的一封封黑信感到快意。

沒有男人愛她，她也不去愛男人。

她租用的小屋有一扇窗，她就伏在這窗前看下面的街道。

她看見推著童車的少婦走來，那紅蘋果般的孩子揚著臉衝她笑，她不知該怎樣回敬這張童貞的臉，最終是拉下窗帘一角，遮住了自己。

那天深夜，她睡不著，又伏在窗前。

一對愛侶走過來，他們正好停留在她窗下，他們緊緊相擁著，下著細細的春雨，他們沒有打傘。

通過雨霧，她觀察了他們很久。

忽然，她的心起了惡意，她順手抄起窗臺上花盆裡的小石頭，恨恨的朝下面扔去，她知道傷不著他們，她只希望他們因此而不快樂……

一塊、兩塊，她發現他們動都不動，時光彷彿凝固了似的，她的心也愈來愈空洞。

他們終於走了，摸索著前行，原來是一對盲人。

她有些難過，生平第一次想說，對不起。

情感變奏曲三則

1. 東京的酒吧

日本也許是世界上最色情的國家了，東京的色情場所使西方的同類場所相形見絀，嘆為觀止。有一色情酒吧，收費昂貴，使初至者大惑不解。只見客人入內，每人端坐椅上，在輕盈的音樂中飲咖啡，沒有女人的胴體，沒有一絲喧嘩，靜靜的，只有美酒和咖啡。

客人發現，店裡的女招待們都年輕貌美，臉上掛著甜甜的微笑，穿著也很低調，跟一般的飯店，咖啡店女招待並無兩樣，只是她的下身穿的不是長褲，而是較短的裙子，裙子下襬張開著，像一朵盛開的喇叭花。可這依然沒有什麼特別的地方，新來乍到的客人走進店裡，要了一杯咖啡或加了冰塊的洋酒，呆呆的坐在椅子上，看著女侍們在店裡穿來往去，既不能上前去調情，又連跟女侍說話的機會好像也沒有似的，只能望著一張張美麗妖艷的臉傻笑，心裡不禁在嘀咕，甚至想罵出聲來，搞什麼鬼名堂，要收這麼多錢，就為了看美女端盤子，扭著豐乳細腰跑堂呀！

新來的客人注意到身旁那位西裝革履的客人對女侍送上來的咖啡和美酒連看一眼的興趣也沒有，甚至連女侍美麗的笑臉也被他忽略過去，只是粗喘著，眼睛瞪成牛眼一樣，面容緊張地朝下看，看著，看著，那客人彎下了腰，恨不得貼到地上去，哎呀，真的貼上去了呢！莫不是地上有錢撿？

新來的客人也好奇把頭移到了地下，他這一看，血立即沖上了腦子，頭開始昏了起來，忙雙手撐住桌沿，可那沉重的身子卻沒有出息般地一個勁向地面貼過去，貼過去……

他看見了什麼呢？原來這酒吧的地面全是由一塊塊的玻璃或者說具有強烈反光效果的鏡子拼湊而成，那鏡子上，是一個個女人最隱秘的地方……

原來，店裡花枝招展的女招待們都沒有穿內褲，她們有意走來走去，讓客人貪婪地看他們想看的東西。

東京的那一個色情酒吧，真是費盡心機了。

2. 俄國新娘

據說俄國男女比例失調，女人多，男人少。原因一是因為戰爭中男人犧牲過多，至今隱患無窮，二是俄國屬於寒帶國家，比較易於女人生長，不管這些推測是否正確，俄國新娘嫁遍世界倒是事實。

俄國女人對俄國男人頗覺失望，俄國男人愛酗酒，一酗酒就打老婆，大男子主義也很風行。我初來美國時，在移民英文補習學校結識了不少俄國同學。有一對同學是夫妻，他倆是做為宗教難民來美國的，每月定期去政府那領錢，在補習學校上課一上就是五年，比老師資格還老。男的叫薩沙，女的叫莎娜，育有六個子女，還準備再生下去。上課時，莎娜一發言，薩沙就大喝一聲：「免了，免了，你那破英文！」老師很生氣，鼓勵莎娜勇敢說下去，莎娜一勇敢，回家薩沙就肯定罵她出風頭。我鼓勵莎娜造反，莎娜不敢，她說薩沙比起別的俄國丈夫來說算是人權人士，他是君子動口不動手。

班上年輕的俄國女郎似乎很熱衷異國婚姻，尤其覺得美國男人很溫柔，中國男人也不錯，但中國男人對俄國女郎有興趣的好像不多。眉來眼去的高潮是一位俄國女郎下嫁了一位墨西哥男士，後來才知道那男士是非法移民，女郎表示她對合法與非法毫無興趣，她感興趣的是墨西哥男士幹活肯出力氣，不打不罵，還會邊彈琴邊唱情歌。

聽說中俄邊境現在雙方交往頻繁友好，中國向俄國輸出不少商品，大陸的輕工業品正走俏俄國。俄國的東西大陸都不看好，只有俄國女郎很受歡迎。邊城的陪酒女郎有不少俄國女人，連北京、上海也不少見，據說邊城男士娶俄國女郎的不少，而大陸新娘就很難見到，俄國女郎認為中國大陸吃穿不愁，男士也很勤快、溫柔。

又聽說有女權之士發出怨言，擔心俄國女郎登陸會影響其它國家男女婚配比例，這倒是多慮，婚姻之事乃天作之合，上帝自有安排。

3. 萊溫斯基的愛情觀

對於我們這一帶的人來說，萊溫斯基是個很特殊的女人，她的特殊並不是因為她和柯林頓總統鬧出一段搞得天下不安寧的婚外情，而是她是從我們這走向白宮的。

萊溫斯基是加州姑娘，大學卻是在波特蘭一所名不見經傳的學院完成的，她在波特蘭無甚事跡，只有一樣大家耳熟能詳，那就是她喜歡的男人都比她年長很多，而且都是有婦之夫。

萊溫斯基和總統有染的消息剛在媒界出現時，波特蘭電視上就播了她在波特蘭的舊情人和記者的談話，那男子四五十歲，儀表堂堂，只可惜太太陪伴一旁，真令人啼笑皆非。

那男子說，啊，鄉親們，萊溫斯基我太熟了，告訴你們吧，她幫我家看小孩時，就把我勾引上了，我一邊貪戀美色，一邊卻又怕老婆發怒，（那太太此時在一旁點頭微笑，威恩皆有）而且小孩就在身邊，我說，算了吧，咱們別亂搞了，可萊溫斯基不幹，她非要和我做那種事，我真的好怕太太，她發怒了怎麼辦呀？我向太太坦白此事，承蒙太太寬宏大量，知道我是一時糊塗，太太原諒了我，可萊溫斯基還想和我好，幸虧她後來去了白宮，瞧，她給我來了信，信上說，她現在有了新情人，是了不得的人物，比我強多了，那人物是誰？說出來嚇死你，我現在和他做情人了，你意如何？後來她告訴我那人是柯林頓，我和老婆才不信哪！她能勾上咱們的總統？所以我和老婆一笑了之，想她吹牛，讓我吃醋罷了。現在看了電視，我才出來和鄉親們說說此事，我是知情人呢！這一對夫婦在電視上娓娓而談，做丈夫的沾沾自喜，做太太的在一旁不時插上一兩句，也沾沾自喜。

那是剛剛發現萊溫斯基和總統的情事之初，萊溫斯基自己還否認此事時，這對夫妻就出來對我們這些好奇的鄉親們說內部消息了，可當時我不信，以為是假的，但有萊女信件為證。

現在真相大白了，據說那對夫妻又出來說一些內部消息，可惜我沒看到。

聽看到的美國女友說，那做丈夫的更加洋洋得意，太太則有些柯林頓太太的風度，在一旁深含微笑，可惜比柯林頓太太長得醜些，但為了上鏡頭，那一身衣服看來蠻貴的。

萊溫斯基喜歡有婦之夫，這大概是她的愛情觀，或稱之為求愛傾向吧！

萊溫斯基求愛窮追不捨，因她和那男人是在加州相識的，後來男人來波特蘭工作，她就追到波特蘭，為了他進了一所不見經傳的學校，那男人說甩都甩不掉，幸好她去了白宮，勾上了總統大人……

情人與親人

我這個人讀了一輩子書，可以算得上學院派了，但我討厭故弄玄虛，我的理論簡單，不說出來還好，一說出來人家就要笑了。比如說，我有一次鄭重其事的說，住小房子省錢，住大房子氣派，大家聽了哄地一笑，說，我們早知道了，還用你來說。

因為不喜歡說理論，我不咄咄逼人，總是一團和氣，但有一點我很自信，那就是在男女兩性問題上，我的確見多識廣，從古到今，從傳統到叛逆，從本位文化到異域文化，從本質到現象，從個案到共性，我都研究過。

家聲說，你一定要把你的理論寫下來，可以警世誡人的。於是有一次，我倆坐下來，他要我口述，他速記，我常希望有一天我能雇得起速記員或打字員，我的思路總是一洩千里，可要我自己記下來，我就乾涸了。

「有個理論我看了這麼多年，深信不疑，那就是情人不是親人，容易背叛，可以撒謊，可以永不牽念。」我說。

「這倒有趣，那為什麼情人可以這樣，那樣做壞事呢？」家聲問。

「情人不是親人。」我說。

「那我是誰呢？在你看來？」他又問。

「你是親人，你是我的丈夫，只要你愛家，維護家，不把感情分給情人，你就是我的親人。」我說。

「哦，天下的女人都這麼想嗎？」他又問。

「天下的太太都應該這麼想。」我說。

「婚姻和情人的差別就在這嗎？」他問。

「是的，一旦走向婚姻，情人才上升為親人。在這之前，一般也只有男女情愛，沒有親人之愛。」我說。

「那離異的男人和女人也是親人嗎？」他問。

「離異的男人和女人不是親人了，但依然比還在熱戀中的情人親，你知道曾經共同擁有的孩子啦，生命中一段共同經歷永不能忘，永遠牽掛，它是刻在石頭上的痕跡，而情人的分手，是寫在水上的波紋，轉眼消逝……」

我的情人不是親人的理論，信不信由你。

情人是你生命最燦爛的日子增添的一縷陽光，我見過許多形勢一變情人就變的事例，而患難夫妻，風雨同舟卻是我在人生中一直讚美的，屢見不鮮的。你失意時，是太太或丈夫與你同行，她或他對你有一種責任，她忍心離開你，會心痛一生。

而情人呢？他揮手而去，甚至來一個雪上加霜，你和他有什麼關係呢？沒有共同的利害，沒有親情的牽掛。

柯林頓總統在受政敵攻擊時，太太總是站在他一邊，而婚外情卻毀了他，萊溫斯基小姐全盤托出一切，其實，她早就把她和總統的情事張揚出來，她在做這一切時，考慮的卻是她自己。

柯林頓的夫人雖然深受傷害，但她還是關心丈夫，維護他的聲譽，她對他與其說是男女之情，不如說是親情。

夫妻從走上紅地毯的那一天起，命運就連在一起了。

你和父母、兄妹、子女的緣是血緣，而你和另一半的緣是姻緣。所以，不要為了一時的快樂去傷害親人，你會為此付出代價，永不安寧。

我看柯林頓總統已有悔恨之意，他對萊溫斯基是永遠不會再去想她，碰她了，像一場惡夢，終於醒了，誰還會再回到惡夢中去呢？你可以去找一個情人（我指的是婚外情），那是你的選擇，但，你要知道色戒的威力，要想到你會傷害你的親人。丈夫、妻子是你的親人，他分擔你生命中的苦和樂，一損俱損，一榮俱榮。

愛護你的親人，不要傷害他（她），他（她）是你生命的一部份。只有他（她）才會疼你，關心你。

你們同乘一條生命方舟，一同使勁，才能駛向光明的彼岸。

男人的朋友

我在星島日報開始寫題為男人和女人的專欄時，委實嚇了我的親人們一跳，因為她們始終認定小舟根本不了解男人。小妹提醒說，可以改為女人啊！女人。母親說，故弄玄虛做什麼，直截了當，就叫只講女人。她們之所以認定我不懂男人，大概一是我家沒有兄或弟，二是我有一次失敗的婚姻。當年我含著淚問天明怎麼會做出那麼不負責任的事來時，他居然也落了淚，說，你不懂得男人。我氣了，說，我父親難道不是男人？他愛家，護家，尊重女人。他寬恕，他細緻，他忠心耿耿。母親說，是的，是的，可你不知道，像你父親這樣的男人畢竟不多的呀！

於是，我試圖去了解男人。我甚至從我那十一歲的兒子身上去探討什麼是男人？我發現男人都很看重朋友，我兒子有一次冒著大雨硬要出門，他換上膠鞋，披上雨衣，表情嚴肅地對外婆說：「外婆，今天你的阻擋是沒有用的，我跟我的朋友已約好了的，我不能讓我的朋友失望！」他衝進雨簾之中，決斷的心像個已長大了的男人。而外婆後來才知道，他那口口聲聲掛在口上、惦在心頭的所謂朋友，不過是老李家最沒出息的孫子，他拖著一條長長的黃鼻涕，不時地吸上兩口，他還長了一個癩巴頭，被他爺爺按著抹藥。

男人說起他的朋友來，便十分地理直氣壯，顧不得女人的長噓短嘆。而他那朋友，又往往是高於太太或女朋友之上的。他為了朋友，可以兩肋插刀，有哪一個女人為了朋友肯兩肋插刀的呢？女人們的朋友熱鬧是夠熱鬧的，但一有風吹草動，大家就做鳥獸散了。

我想自己用磚頭砌一面院門，家聲反對，他說應該找人來做，找了人來估價，要兩千六百美元，材料還要自己準備。我覺得太貴，要自己動手，家聲說，你別指望我幫你，我可不想下了班還累個半死。我和他大吵一頓，並把吵架的內容告訴了我城中所有女友們，她們個個都表示聲援我，表了很多決心要幫我……

女友們嘰嘰喳喳地來了，先給家聲開了一個批判會，批判他好吃懶做。他低著頭，不敢望大家，接著大家就七手八腳幫我砌牆，有人說要吊一根線，垂直著下來，比較容易保持牆面垂直。有人說根本就沒必要，用尺子一量就知道。工具不全，就各自從家裡帶了菜刀來權且當工具，砌了一週時間，愈看愈像比薩斜塔，終於有一天轟地一聲像雷峰塔坍塌了。女友們回家都不敢說她們的忙幫成什麼樣子了。家聲神氣起來，每天晚上下班回來，都要去坍塌了的牆面前憑弔一番。有一天，他叫來了幾位他的朋友，當然都是男人，只聽一陣喧嘩，牆便巍然聳立起來了。

當然，這不算數，砌牆本來就是男人們的事，可是不得不承認，男人們的朋友比較心齊。他們也很少鬧矛盾，女人很少有一位終身不渝的女朋友，而男人的朋友，往往一交就交個一輩子。

婚後的女人很少還能保持少女時代結交的女友們的友情，她的心往往都給了丈夫和孩子。而男人們不一樣，在他們的心目中，朋友比太太還要重要。男人一見了朋友，便忘記了太太。而女人一見了丈夫，就忘記了朋友。女人的朋友都是她千挑萬選的結果，女人的朋友應該有一樣或幾樣她佩服的本領。而男人的朋友都不怎麼樣，就像我兒子的朋友頗讓我們失望一樣，男人的朋友都普普通通。徐志摩是位很愛交朋友的詩人，他把朋友看得很重，他自己那麼優秀，可他的朋友呢？他拋棄了的前妻張幼儀曾經告訴人們這樣一段舊事。徐志摩見到他的兩位朋友，突然之間變得生龍活虎，興奮地和他們聊了起來，其中一位朋友每分鐘都停下來把褲子拉高，另外一位朋友老是皺起半邊臉，緊張地抽搐。等徐志摩的朋友走了，張幼儀便對徐志摩說：「這就是你朋友啊！」言下之意是有一點瞧不起，徐志摩不高興了，丟給張幼儀一個空洞的眼神，掉頭走開了。

男人就是這樣，你說他的朋友不好，他會很生氣，甚至跟你拼命。而女人呢？你說她的女友好，她也會很生氣，以為你移情別戀。做先生的說，太太會緊張萬分，怕先生拋下自己跟女友跑了。而男人呢，太太看不起他的朋友，他就會像徐志摩一樣，給你一個空洞的眼神讓你寂寞半天。

男人的朋友不常聯繫，一年也不跟他打個電話，來了信也不急著看，往往是太太替他先睹為快。而女人的朋友一天不聯繫就像掉了魂，電話線都說得熱度增高，信也是你來我往，穿梭般的頻繁。但女人的朋友一句話不對就翻臉了，而男人的朋友又吵又打還是上昇不到敵我矛盾。

女人的朋友說的話那女人不一定會聽，她要自己想一想，朋友的建議往往是說也是白說，聾子的耳朵——擺樣子罷了。而男人的朋友說的話，那男人常把它當座右銘。所以，男人向某位小姐進攻，準備娶她做太太，大可不必理會她的女友。女人愛上了某位男士，想讓他做你的丈夫，那你一定要注意團結他的身邊朋友。女人的朋友說好說壞都沒用，男人的朋友一句壞話就會斷送你的美好姻緣。

女人的朋友大富大貴，大貧大賤都無妨，她們一律與你無關，你太太既借不到她們的錢也不用借給她們錢，女人和她的朋友很少有財政上的瓜葛。而男人的朋友你可千萬要注意，富的朋友會給他錢，窮的朋友會向他借錢。你嫁了他，也就同時接受了他的朋友，有一天，有窮朋友前來在你家白吃白住你也不要抱怨，抱怨了你先生會給你白眼。

女人的朋友大都和她出身背景相同，社會地位相近，男人的朋友三教九流，魚目混珠。女人很少因朋友而招福或惹禍，而男人則因交友或黃袍加身，或身陷牢獄。

女人朋而少友，男人友而不朋。女人交男性朋友，並不一定想嫁他或給他當情人。而男人交女性朋友，很少能坐懷不亂。

男人中的佼佼者，大都不願與女人做朋友，孔子說：「唯女子與小人為難養也。」而女人中的佼佼者，卻喜歡和男人做朋友，唐代的武則天，滿清的慈禧太后，都與男人做朋友。

男人與女人，就是這樣的不同！

幸運的女人

伍太太還是一位苗條秀氣的小姐時我就認識她了，她是一位幸運的女人，大家都這麼說。幸運與幸福是截然不同的概念，幸福大都是自以為是的東西，沒有什麼了不起。小孩子向媽咪討到了一塊垂涎已久的巧克力糖時，他便感覺幸福了。可這跟幸運搭不上邊，幸運不是所有的人都可以得到的，只有幸運的人才有份呢！幸福人人皆有，流浪漢也有覓得半塊麵包時的幸福感，但他得不到幸運，他要幸運，就不會流落街頭了。

伍太太沒有吃過一點苦，受過一點罪。她是大陸人，但大陸人受的那些磨難她都沒有受過。父親是留美博士，回到大陸正是大陸剛剛趕走國民黨，自己來執政的時候。有關人士問她父親是願到大陸的交通部做工程師呢，還是進軍隊的鐵道兵部，她父親選擇了軍隊，這就是幸運呢！軍隊給她家一座小洋樓，還有保姆，勤務兵。文化大革命時，軍隊的人都是左派，她父親一點皮毛都沒傷著。我們從小認識，我家就倒霉得多，我下放鄉下，種田餵豬，後來好不容易調回城裡，卻做了個冰棒妹。伍太太十六歲就穿上軍裝，當了一個女兵，那可是個人人羨慕的好事情。兵沒當兩年，她就進了大學，不是考進去的，是軍隊選送的。那時上大學不用學習，記得她是學的英文專業。她曾到我工作的冰室找我，見我正滿頭大汗地煮冰棒漿，眼睛累得通紅，手關節紅腫著，便心生同情，說了聲，小舟，你命真苦！我說這算什麼苦?你沒見到我在鄉下時插秧田，手指甲都翻起來的模樣呢！她很難過，她是一個好心的女孩。她提議帶我去她的大學玩玩，我和她走進圖書館，守門的人問我要學生證，我拿不出，守門人說，社會閒雜人不得進入，那一刻，我傷透了心。我家世代是讀書人，可現在我們卻連考大學的資格也沒有，我站在圖書館外，深秋的風已經很涼，伍太太，她那時叫小如，趕緊跑進去，她借了很多書一把塞在我懷裡說，小舟，別傷心，妳可以自學成材的！

小如從外語學院畢業，分配到了外交部下面的一個研究所。我也因大陸開始公開大學招生而終於進了大學，但我比小如整整晚了五年，五年中的蹉跎歲月，叫人怎能不感慨呢！

小如愛上了一個同班同學，那男生我也見過，他就是未來的伍先生。那時的伍先生就已經是許多女孩子心目中的白馬王子。家世好、學問好、脾氣好、長得非常帥。可是伍先生當時已有心儀的女友，據說是從小青梅竹馬的感情。小如患了單相思，自然十分痛苦，這是她一生中唯一的一次挫折，那年，她二十三歲。小如把心事向伍先生透露，伍先生十分惆悵，他表示說他一直很注意小如，可以說很喜歡她，但他已有女朋友了，一心不能二屬，他要小如忘卻他。小如從此失去了所有的歡樂，她像秋霜中枯葉似地，鮮活不起來了。大概過了才兩個多月吧，伍先生突然找到小如，拿出一封揉得幾乎碎了的信，說那女孩突然要求中斷關係，理由不詳，他從此無牽無掛，如果小如還愛他，他將投桃報李，一輩子對小如好。小如那高興勁兒真是描繪不出來！她說，直到現在她也不明白那女孩為什麼放棄伍先生，我心想，有什麼為什麼，小如就是小如，她是幸運的女人，一切上帝都為她安排好了，她是上帝的選民嘛！

小如和伍先生成雙入對做了好幾年戀人，一會兒惱了，一會兒好了，沒有大的風波，平平安安結了婚。伍先生到美國留學，伍先生前腳走，她後腳就跟來了，倆人都在名校讀書，因為都有助教的工作，經濟也沒有什麼困難。小如在美國又有不少闊親戚，給她不少經濟上的資助。夫妻都拿了博士，生了一兒一女，伍先生開始給別人打工，後來出來自己成立了公司，是和朋友合夥的，才幾年就股票上市，別人錢不夠花，他們家是花不了。一對兒女都好可愛，小如早成了伍太太，唯一的煩惱是夫妻都有些發胖，無非是富人的煩惱罷了。有一次，小如給我來電話，說著說著就哭了起來，原來是她覺得乳房上有腫塊，去找醫生看，拍了片子，凶吉未卜，所以給我打電話，我很擔心，也焦急地等她的檢查結果。家聲說，放心啦！她那麼幸運的女人，不會有事的啦！果然，只是小小脂肪瘤，連小手術都不必要，自己能吸收。不是自己吸收，是小如的命能吸收一切災難吧！我這樣想。

伍太太不用操心，錢財就朝她那滾。她家的房子是早先年加州房地產不景氣時買進的，現在加州她住的地方房價暴漲。而我的另一位朋友，從北卡到加州工作時，買了一幢房，不久加州房子掉價，她先生又正好要搬來華州工作，高買賤賣，損失了不少錢。她也認識伍太太，說，我們怎麼敢跟伍太太比？她的福氣太好了。

我問小如買的是什麼股票，我好跟進，沾沾她的好運氣。小如立即應允，常在電話中和我談股經。但我這個人性急，漲一點就趕緊賣掉了，小如說，你急什麼嘛！她守住不賣，如今股價突破七千大關了，我呢，六千時就拋了，要進去又太貴，買不起了。朋友們都說，股市太高肯定要崩盤，我說不會，只要我的朋友伍太太在裡面，股市就只漲不落，不信，咱們走著瞧！

小如家出了一次車禍，車翻了，一家四口卻一根汗毛也未傷著，我說，總受了一下驚嚇吧？小如說，沒事，她和兩個孩子正睡覺，一覺醒來才知翻了車，伍先生也沒事，他還沒反應過來車就翻了。保險公司賠一輛新車給她家，小如說，她正想換部車呢，這下如願以償了。車禍總不是好事，若換了別人，大概就一家人共赴黃泉了。小如不會，她是幸運的女人。

最有趣的是有幾個小偷知道小如家有錢，謀劃了好久要偷她家，但鬼使神差似地偷到別人家去了。小偷說，認錯門，偷錯家的事在他一生偷盜生涯中還是第一次，真是百思不得其解。

小如的一對兒女都很上進，這個獎，那個獎，很替父母爭光。先生事業有成，人又十分英俊，外界的引誘一定不少，小如如今胖得像只水桶，女人的美麗可愛已殘存不多。於是有人替她操心，怕伍先生不安份。小如胸有成竹地說，不怕的，我叫他去亂來他也不敢呢？原來伍先生和公司漂亮的女秘書小姐去外面單獨吃飯，上的是高級館子，點的是信得過的菜，可回來後又吐又瀉，送到醫院吊了三天鹽水，伍先生可憐巴巴且神秘兮兮地一把拉著太太的手，很誠懇地討教說：「小如，莫不是那女人下了毒？」

平白無故受了這番罪，伍先生還敢不老實呀？

小如是個幸運的女人，做個幸運的女人真幸運！

女大不嫁

我有不少女大不嫁的朋友，她們在我身邊晃來蕩去，牽掛著我這因嫁而受苦，卻心甘情願再入婚姻之城的小女人之心。我敘述我婚姻生活的苦與樂時，不免有些小小的擔心，很怕我那些女大不嫁的朋友嘲笑我一番。比如斯琪，就常打來E-mail大談女大不嫁的好處，可惜我是電腦盲，E-mail都是家聲把它從電腦中喚出，再送到我的手上。他照例細細研究一番，很像某些不那麼民主的國家新聞處官員，喜歡按他以為正統的觀念去決定取捨。他對斯琪尤為警惕，三審才過，還要加上一句：「勿要頭腦發熱喔！斯琪不嫁，有她的道理。你不嫁便不行，就說這E-mail，沒有我，你能讀呀！」

斯琪是我大學同班同學斯凌的妹妹，斯凌是天下最最好脾氣的女人，卻嫁了一位壞脾氣的丈夫，壞脾氣的丈夫有個威風凜凜的名字，他姓雷，叫雷震天，湖北荊門人也。此君原是大學足球隊的名腳，一個球就能定輸贏。他追求斯凌時，常在女生宿舍樓下耀武揚威般地吼叫：「劉斯凌下來，樓下有人找！」斯凌是被他連嚇帶吼拐去做了嫁娘。劉家只有母女三人相依為命，劉媽媽認為雷女婿或許能為劉家柔弱的門庭帶來一股雄風，所以據說對這門婚事挺熱心。嫁後的斯淩在丈夫的臂彎裡舒舒服服過日子，波瀾不驚的做了個幸福小女人。

斯琪是水利電力學院的學生，她常來找姐姐斯淩。斯琪不如姐姐漂亮，但腦子卻好使得多，一畢業就考上研究生，很快又來了美國讀博士。

斯琪不停地走馬燈般地換男朋友，然後再處心積慮地把他們一個個甩掉。她說自己是一隻貓，不是美國那種只吃嗟來之食，見了老鼠抽腿就逃的貓，而是鄉下秋收後，在場院上捕捉碩大田鼠的貓，警覺，果敢，鐵石心腸。

斯琪的眼中，男人都是饑渴、膽怯、不負責任的老鼠，她看不起他們，但她又離不開他們，貓的物語中，怎能缺了老鼠這個角色呢？

斯琪有高薪的職業，在美國奮鬥了十多年，她有屬於自己的房子和好車。斯琪什麼都不缺，在世人眼光中，她只缺一個丈夫。

可丈夫真的那麼必要嗎？斯琪實在想不出兩個人日夜廝守的日子應該怎麼過，如果讓她選擇自己的人生模式，她說她喜歡獨身。

獨身有什麼不好？斯琪說，你可以想去哪就去哪，你可以白天睡覺，晚上卻醒著。你可以一連三天都吃魚，用不著擔心那一位見魚上桌就翻白眼。你可以把電視開得震耳欲聾，反正耳膜震破只是你自己的事。你可以自由地處理錢，一天用掉一年賺的錢也沒人敢對你發脾氣。你可以放縱你每一個細胞，因為房間裡只有你在乎自己。你對鏡子做鬼臉，你整日拖拉著鞋，你用手去撈油汪汪的紅燒肉，你在電話上和朋友一聊就是一天……愛情誠可貴，自由價更高，若為自由故，萬事皆可拋；而有了丈夫，你肯定自由不了。他會在乎你，他裝模作樣地保護你，你賺不到錢，他滿心瞧不起你，你賺錢多，他又謀算你。丈夫，就是你心甘情願找來的揣波。（英文麻煩的譯音）

所以，斯琪至今不嫁。

寂寞是女大不嫁的大敵，於是斯琪身邊總晃蕩著兩到三位男士，她用他們打發突然襲來的寂寞。而當寂寞一走開，她就讓他們也走開了。

斯琪自私嗎？未必。她也許只是把自己多疼惜了一點，疼惜自己，又有什麼不應該呢？她的姐姐倒把自己的一生交給了男人，可到頭來，生活卻灰濛濛的一片。斯琪的天空卻時常晴朗無比，她只需看顧好自己，她因而走得輕快……

斯琪只想與男人做朋友，甚至做情人，但絕不願做他們的太太。她說，做太太很沉重，她在人生旅途上，只想輕裝前行，背一個包袱而行，她會氣喘呼呼，她承受不住。

如果無人與你同行，跌倒了怎麼辦？我問。

跌倒了我自己爬起來，何況，輕裝束行，跌倒的機率很少，斯琪回答。

她張開雙臂，在風中舞蹈著——這自由自在的女人。
也許，讓弱女人去嫁，讓強女人獨身，世界就會美好吧！

可憐天下父母心

我認識青田先生和他的太太已很有些年頭了。

青田先生是大學圖書館海外部的高級職員，太太也在圖書館工作過，後來得了一場大病，據說是膽結石，動了手術後，元氣大傷，從此返回家中做了一個專職主婦。

青田先生按年齡早該退休，但圖書館一時找不到像他那樣精通數國文字，工作又很認真負責的人，所以一再婉留，青田先生反正閒著也是閒著，七十多歲的人還每天堅持到圖書館上半天班。

有一年放暑假，我到青田先生手下打工，幫他編目錄。每天中午我們一同吃午飯，也一同閒談，青田先生說他有兩個女兒，一個兒子，都已長大成人了。

兒子在東京，是一個小有名氣的建築工程師，設計的作品有幾項還得過獎。兒媳婦是名門閨秀，在家帶三個小孩子。兒子工作很忙，很少回福岡省親，兒媳婦家住東京，又是獨生女兒，青田先生的兒子娶了她，等於做了她家的上門女婿。

「這個兒子算是丟了，沒享過他一天福，只是人前提起他，也總算有幾分自豪罷了！」

青田先生說。

「女兒呢？女兒總是向著父母的吧！」我笑著問。

青田先生一下沉下了臉，再仔細看，眼睛裡竟閃動著點點淚光。

「人生一世，最可憐是為人父母，小時一把屎，一把尿的拖大她們，大了又是沒有一日不把心思放在她們身上，可到頭來，一步走錯，就是竹籃打水一場空！」青田先生好傷心的樣子。

「我原來什麼宗教也不信，我也一點不迷信。現在我依然什麼也不信，不光不信，還躲得遠遠的，可我信命，命運不是創造的，是老天硬塞給你的！我那兩個女兒，真是讓我後半生灰心喪氣呀！」……

青田先生有兩個人見人愛的女兒，為了精心培養兩個女兒，七十多歲的青田先生一輩子沒有買下一幢自己的住宅，他把錢全部投資在兒女的前程上了。

他送兩個女兒進私立女子學校，光學費就夠嚇人的，加上培養她們學茶道、花道、鋼琴，甚至讓她倆結伴到法國巴黎遊學一年。青田說他從不好意思當眾打開他的飯盒，那中間的內容實在讓人感到寒酸，幾塊鹹菜，一個蛋就是一餐。西裝穿了十多年還未捨得買新的，太太在家穿得更像一塊舊擦布。

「我們家是那種死要面子的小知識份子人家，我們知道自己的人生也就如此了，可對女兒我們卻寄託了比對兒子還大的希望，女兒是可能出奇蹟的。以她倆所受的貴族化教育，社交禮節和天生麗質，不愁找不到好人家。我們讓女兒參加了幾個高級俱樂部，光每月的會員費就是一筆吃不消的開銷。

我們催促女兒，希望她們早日尋下好人家。嫁人是女人的天職，不嫁人的女人算個什麼？我們夫妻倆那個急呀！就好像兩隻火烤著的猴子一樣。你想花開能有幾日紅？過了二十五歲就難了，你的籌碼一天比一天少，到最後流水落花春去也，叫人怎能不操碎心哪！

那時候，對我們兩個女兒有心的人還真不少，醫生、工程師、大學教授都有。她媽一輩子大事就是嫁女兒，女兒讓我們急了一輩子。兒子倒是一下子就塵埃落定，讓我們抱上了孫子，面子上很榮光。

有一天，大女兒回家告訴她媽說她有了男朋友，她媽又高興，又擔心，問她對方是什麼人？她吞吞吐吐不肯說，找了幾樣自己的東西就跑了。連電話號碼也不給家裡，我們急死了，央人四下打聽，才知道大女兒已與人同居，那男人是信一種什麼教的，一句話邪教啦！無職業，家中只有老母幼妹，窮倒不說，是邪！那種教一信上就中了邪似的，每天唱呀！跳呀！就像發神經。

有一次，我太太去找大女兒，小女兒要求陪她媽去，她媽想也好，讓小女兒勸勸姐姐，苦海無邊，回頭是岸，不然一生就會斷送在那個男人手裡。

小女兒和她媽媽坐新幹線去了廣島，東問西問才在一幢破屋子裡找到她姐姐。一看門口一大堆鞋，一進門見老老小小四十多個人，都是信徒，在聽大女兒的男朋友講道，大女兒披頭散髮，穿著一身白布衣，赤著腳，脂粉不施。那男人每說一句，她就重複一句，見著她親娘妹妹，連眼皮都不抬一下。我太太一見好端端的女兒變成這個樣子，半生心血白白流走，只覺一陣昏黑，當場就昏倒在地上了……。我太太在那住了兩週，每日一把鼻涕一把眼淚的勸，她哪裡聽得進去？只說入了教，娘就不是親娘了，唯教主的話才能順從。我太太惦記著我，只好回到福岡來，臨行前，她留下了小女兒，讓她勸勸姐姐，把她勸得回心轉意，姐妹倆一同回家來，還是青田家的乖女兒。

誰知小女兒這一留下，從此就再也沒有回來，我指的是心，她也信了那邪教，心離我們遠去了。兩個女兒就這樣一下子成了人間陌路人，莫說嫁人，連正常的人也不是了，姐妹倆都成了邪教重要成員，和我們斷了往來。

我丟掉了兩個乖女兒，這不是命又是什麼？恐怕她倆生下來就有此一劫，只是可憐了我和她娘，早知如此，根本不用為她倆當牛做馬，節衣省食送她倆上學，操了這一生一世的心！

或者就說得更絕一些，早知是這樣，根本不用生下她倆來！」我聽羅青田先生的故事，倒想起了紅樓夢中的一段話，真是個紛紛亂亂的人世間，說也說不準，做也做不定，只記住塵環中消長數應當，何必枉悲傷！

電話情人

我在日本留學時，不少人都租用民宅或住進外國人專用的宿舍，我和妹妹住的是女子學生寮，一色日本人。入寮時要我去面試，原來是怕我日文不好，做不了電話當番，什麼是電話當番呢？挺簡單，就是每隔一段時間，要負責接電話，全寮五臺電話鈴起不絕，你要去接聽，然後把電話接到各個房間中去，如果聽電話的人不在，你就要把對方來電的內容用非常體貼、婉轉的日文寫在大黑板上，大黑板在入寮最醒目的地方，幾百位寮生回來的第一件事就是去查看大黑板，如果你寫得不好，甚至忘了寫，誤了她們的大事，更具體的說，是情事，她們會一怒之下告到寮母那兒去，或者找上門來，非要你賠禮道歉一番不可。這賠禮道歉很複雜，不是光向本人，還要向打電話來的人，你想，這麼個轉彎抹角，吞吞吐吐的工作，一個外國人哪裡搞得清楚？

我面試時慌成一團，面試委員會是三位刁滑的日本小丫頭，其中一位翻翻白眼，說：「卡桑（我的名字日文譯音）某君來找某一位寮生，這位寮生是他追求的對象，寮生不願意接聽他的電話，她的心事另有所屬，這種情況下，你怎麼辦？」

我心想，這事太簡單了，就說不在，對不起了。那小丫頭又翻翻白眼，說：「怎麼可能不在，夜已深了，規矩的女孩子都應該回到寮裡來了，你說她不在，那人會懷疑她的品行，甚至以此為口實，到處說她的壞話，你能負得起這麼可怕的後果嗎？」

當然負不起了，我慌得汗都流了下來，心想這女子寮我是住不成了，誰知道還有這麼多囉嗦事。

幸好，另一個小丫頭要我把她的一段話複述下來，再寫到黑板上，我做了。三位小丫頭都一致點頭，說，上手。上手就是很不錯，挺能幹的意思。

我鬆下一口氣，她們讓我入寮了。但那小丫頭不放心的加上一句，可謂語重心長，她說的是：「卡桑，要用心呀！男女問題比較難搞，要懂心理學、社會學、民俗學，學問大著哪！」

我到現在也沒有弄明白，日本年輕人談情說愛為什麼跟電話有這麼密切的關係。

女子寮一共有十部電話，五部可以向外打，五部只能從外部向內打。一到晚上，電話室的電話機前就排起隊來，有人一聊就是幾個鐘頭，瞧那些女孩子手握電話筒，或溫柔，或嬌嗔，或啜泣，或熱烈，真可謂千姿百態，這就是女子寮的一大景觀，情人電話的場面。

不像美國人談情說愛常開著車在外瘋跑，也不像中國人跑進公園靜悄悄的卿卿我我。日本人離不開電話。最近轟動日本的電影──失樂園，描寫一位五十歲的男人久木，他在一家出版社工作了幾十年之後開始覺得生活的無聊，他問自己迄今為止忙忙碌碌的人生究竟有什麼意義，終於他認識了一位三十八歲的教授夫人凜子，凜子也正被人生的空虛感所包圍，於是他們演出了一場婚外情……凜子的扮演者黑木瞳是日本福岡人，當她一舉成名返回故里福岡時，當地一家賣攜帶電話的公司特意請黑木瞳去做攜帶電話的廣告，因為在失樂園中男女主角談情說愛用的正是攜帶電話。據說失樂園映出後，日本攜帶電話大大流行好一陣子。

有時女子寮的女孩子匆匆跑出去與開著車在門外等候的男朋友呆上十多分鐘就慌忙提著裙角跑了回來，於是男朋友就在女子寮外面的公共電話打電話進來，女孩子在寮內接，兩人一聊就聊上個把鐘頭，我坐在那電話當班，見那女孩子坐在地上（女子寮整座三層樓都天天用肥皂水沖刷，到處席地可坐）脹紅著臉，說些在我聽來簡直莫名其妙的話，什麼愛呀，思念呀這些是沒有的，全是一些日文中最無趣的詞，日文與中文，英文不同，有三分之一的詞是毫無意義的廢話，她們正用這些廢話情意綿綿的聊得起勁。一大排等著打電話的女孩子就站在或坐在旁邊，用不著迴避，那些話聽了也是白聽，情人電話就是廢話電話，可以公開，可以讓外人聽了瞌睡的電話……

有一次，我問同寮的一位女孩子，為什麼只用電話來談情說愛，近在咫尺卻不見面？她說一見面就索然無味了，彼此太貼近對方，容易感覺心靈的疲倦，隔著電話比較好及時調整自己，比較有神秘感覺。「我們日本人對自己缺乏信心。」後來又聽一位學者談起情人電話的問題，他認為這是日本民族的曖昧心理，不喜歡直接了當，講究婉轉和曚曨。正如日本人對色彩的選擇，忌大紅大綠，多選擇樸素的中間色，對語言的掌握很少用肯定或否定一樣，而電話的發明，使他們找到了退路，可以用電話這一中介物來平衡男女面對時的緊張和乏味。大概正因為這一心理作用，當一家世界聞名的電話公司發明和推廣可以一邊打電話一邊看到對方打電話時的神情的新型電話時，許多情人表示不能接受。

我在電話當班時，常常接到某些女孩子的男朋友打來的電話，我一般立即把電話接到該女孩子的房間，在確認沒有人時，我拿著電話向男孩子說明時就有技巧了，我不能說不在，因為這會引起對方誤會，不在？深夜不在跑到哪鬼混？也許一句不在的回答會摧毀一場未來的姻緣，這是寮長在我入寮時反復告誡我的，我便使用日本人的滑頭，說上十幾句雀躲、雀躲……雀躲就是日本語中最滑頭的不確實詞的譯音，一個雀躲就會包含了無限的曖昧、退讓，當然還有說雀躲人的所謂教養。

我和家聲在婚前分別居於東西方，他在美國，我在日本，靠的不是寫信，他對寫信深惡痛絕，我們只好打電話，那時美國幾家電話公司大概都很感謝他的盡情使用，每月會奉上一筆可觀的開銷。但電話救了我們，現在我們常埋怨當年的電話造成很多假象，比如說我在電話中的脾氣和修養要比我本人好得多，而他的渾厚的男低音也使我誤以為他這人很有主見，全然不像他本人目前的稀裡糊塗，看來電話的發明使男人和女人都找到一條新生路，把那最磨人的寫情書工作拋到了一邊，而且彼此都有了神秘感，電話真是功不可沒。

電腦情人

在這個世界上，恐怕再也沒有比電腦這玩意兒能給我帶來這麼多喜怒哀樂的感懷了。

它就站立在我的書桌上，躲也躲不開，其它房間還有，據說是被淘汰出局了的，可我要把它們弄到車庫去時，家聲就會跳著腳叫，一眨間他又把它們搬了回來，我的床頭櫃常常是幾本書，半夜醒了正好讀讀，他的床頭櫃上是一臺小電腦，夜裡睡不著，他居然是打開電腦瞧瞧。

在他手裡，電腦會唱歌，會寫論文，會寄信，會找工作，也會談情說愛，這一點委實令我大吃一驚，不知道電腦可以做紅娘，一下子找來那麼多位男士女士，先是心靈溝通，精神上先愛它一場，然後是互贈照片，膽小的穿著衣，膽大的不穿衣，再以後鬧翻了的有，結成秦晉之好的也有。

我聽家聲說起一件網上愛情，有位女士是北卡州三角地帶的電腦工程師，北卡三角地帶是全美國PhD最多的地區，比矽谷人文化程度還高，那兒的人很多是在電腦上談戀愛的。這位女士暗戀同公司一位男士，但她不好意思追求他，她算老姑娘了，人長得又不好看，心理很自卑，她邀那男士去郊遊，男士說腿不好，遊不動，其實他是籃球高手，鬼都捉得到，怎麼遊不動？

女士很傷心，便化名進入電腦中與那男士開始在網上Chat，天天Chat，一Chat就是一兩年，男士不知她就是同一個辦公室的，漸漸的，倆人越來越交心，當然是在網上交心。

忽然有一日，那女士退出網路，有三四個星期不再上網。

男士忽然覺得世界空白一片，精神上的支柱都垮了似的，他在網上苦苦尋求，希望那位神秘的心愛的女人再現網上。

她每天在辦公室觀察他的表情，覺察到他的痛苦，她決定現身了……

女士又開始出現在網上，男士說親愛的，你這次千萬不要再退出，我不能失去你，你是我生命的源泉，離開你我會乾涸……

女士這才告訴他她是誰，男士甚為感動，倆人踏上紅地毯，家中仍擺兩臺電腦，一有矛盾就上網，電腦成就婚姻，甚至維持婚姻，應該不是虛言。

我初來美國時，沒有多少朋友，感到很寂寞，家聲說上網找朋友呀！他搬條凳子，叫我坐在一旁，他打開一個屋子，叫我進去Chat，我是電腦盲，他操縱一切，進入屋子後，馬上有人來和我，其實是家聲Chat，這間屋子裡Chat的人都是日本人來美國或加拿大留學的，談著談著，有一個壞傢伙見我是女的，就說起色情話來了，家聲大怒，忘記了他是假裝我的口氣Chat，他氣沖沖的打下一行字，說我不讓你跟我太太胡說八道，然後把電腦關了，我坐在一旁沒反應過來，家聲說，你還傻傻坐在這幹什麼？想跟壞蛋打情罵俏呀！真是冤枉也。不過，上網可以找人打情罵俏，我是親眼看到了。

據說，美國的確有不少家庭主婦在家無聊，上網跟人談情說愛，導致婚姻破裂的。

電影「廊橋遺恨」中那位從義大利遠嫁美國鄉村的主婦，芳心寂寞，愛上了一位偶經此地的攝影師，演出了一場催人淚下的婚外情。其實，這位主婦如果有一臺電腦，她那種注重柏拉圖式的精神戀愛的女人一定可以在網上找到知音。我們一位朋友動了腦瘤手術後，加入了網上一個腦瘤患者俱樂部，據他說，網上病友互相支持、鼓勵，有男患者愛上了女患者，電腦紅娘幫這些可憐的人找到了愛的歸宿。

我對電腦幾乎完全不懂，甚至討厭它，但我不敢不把電腦放在眼裡，它是人類歷史上的一場革命，至少在愛情上它極有可能取代電話，而成為未來情侶們的首選通訊工具。電腦情人是新時代的新事物吧。

天涯歌女

我剛到日本留學時，沒有資格申請進入大學的女子學生寮，因為日本的大學有規定，在正式攻讀博士學位之前，必須做一年的研究生，這一年對每一個人來說都是愁雲密佈，一是地位低，上課時縮頭縮腦躲在最後排，每天為大家端茶送水，掃地擦桌子。二是人窮志短，研究生不許領任何獎學金資助，學費照樣要交。三是前途未卜，人心慌慌，一年中要準備口試、筆試、入學資格論文，累死人啦！

女子學生寮寮長說，你什麼時候考上了正式博士生，再來申請寮吧。

我通過親戚介紹，住進了一個名叫站著望的公寓，簡稱望莊。

望莊根本望不到什麼，站著望也是徒勞，周圍所有的房子都比它高。旁邊的公寓出出進進的都是上班族，打領帶，穿長裙，男人抹髮油，女人的口抹得像滴滴鮮血，而我們的望莊呢，住客都是窮學生，左手提一個大書包，右手抱一個最便宜的便當，二百六十日元一盒，只有三塊腌蘿蔔，比指頭粗一點點的一塊乾魚。

剛搬進去第二天，聽見了走道上飄來一陣清脆的北京話，慌忙開門一看，走道上站著兩個女孩子，一高一矮，一個很白，一個較黑。

高的那位白淨如蓮，細細長長的眼睛，鼻子尖凍得通紅，她穿著一件深紫色的外套，牛仔褲很精神。

矮的那位也很漂亮，後來她告訴我她叫黑牡丹，大眼睛，剪著短短的童花頭。

她倆朝我一笑，簡直不容我分說，一下子擠進了我的半開著門的房門裡，一屁股坐在榻榻米上了。

「××大學的？真棒！咱倆不行，人家不要咱，我們上的是日語學校，每月學費你猜多少？說出來嚇壞人，這哪裡是上學，是往火坑跳呀！」

兩個女孩子都低下了頭，神色暗傷……

女孩子說，她倆在北京都沒考上大學，日語學校派了一個漢奸，（她倆一直叫日語學校的中國人教員是漢奸）到北京招生，說不光能升學，還能賺錢，她們就來了，同學有四十多人，都是很好家庭背景的，一般人交不起昂貴的入學費和旅差費。

「我媽我爸是化工部的工程師，他們搞了一個專利。賺了一些錢，一古腦的都給我來日本用光了。」高個女孩說。

「我家還不是，我爸出了幾本書，拿了幾萬元稿費，爸二話不說就把我和錢都交給漢奸了，爸說在中國連大學都考不上真丟人，飄洋過海去闖天下吧！」矮個女孩說。

都是好女孩呀！我心想。

兩個女孩午出晚歸，放了學就去一家魚場打工，做生魚片，一小時六百日元。

就這樣過了大半年，據女孩子說，她倆積蓄用光了，學費每半年交一次，左等右等都交不上了，也許只好打道回府。

我說，你們不是有四十多位北京來的同學嗎？別人怎麼過日子的？你們多打聽一下，好不容易來了，不要輕易後退呀！

女孩子說，有的同學不光能交上學費，還存了不少錢，但她倆不願意像她們那樣活著，我問為什麼？

高個女孩說，丟人唄！給日本男人摟摟抱抱，還得上床。

矮個女孩說，可人家丟人丟在外國，回了國誰知道？不像咱倆，清高倒清高，挺不了多久就要打道回府，無臉見江東父老，那才叫丟人呢！

高個女孩說，要去你去，我不去，我還想多活幾年，弄上愛滋病那才真叫倒大楣。

矮個女孩說，又不是賣淫，是當陪歌女郎，和客人一塊唱卡拉OK，平日咱們想唱還沒資格呢？去卡拉OK貴死了，現在人家不光讓咱們盡情唱，還賺不少錢，我看這比切生魚片強……

矮個子女孩開始關起門來練歌，唱的都是日文歌，歌詞聽不真切，只有幾首歌常透過門窗送入我的耳膜，一首是何日君再來，一首是夜來香，一首是美麗的蘇杭，這三首歌她是用中文唱的，唱者無心，聽者有意，我的心裡常湧起一陣陣酸楚。

高個子女孩仍去魚場打工，據矮個子女孩說她不再理睬她了。

「她妒忌我，我不光交上了學費，我還在玉屋買了一套兩萬塊的套裙，我用不著跟男人上床，我只唱他們喜歡聽的歌，這有什麼不好？我爸媽知道了也不會怪我，她總是一副娥嬌桑（日文大小姐之意）樣子，端給誰看嘛！」矮個子女孩忿忿的說，她描了眉，抹了口紅，手上提著一盒海鮮便當，我瞟了一眼，知道這便當要賣到一千多日元。

漸漸的，矮個子女孩不再起早床趕公車上學，有時下午三四點才見她出門，她叫的出租停在門頭，司機戴著雪白的布手套，車裡放著流行歌曲。矮個子女孩說：「我一上車就叫司機關掉音響，我一聽歌就煩，是不是一個人把什麼當做賺錢的職業就會恨這一門職業，我原來挺喜歡唱歌的，可現在煩死了。日本每一週都出那麼多新歌，客人叫我唱，我不會唱，他們就起哄，他們一起哄，老板娘就罵人，老板娘一罵人，薪水袋就少了幾張票子，小舟你看這像不像流水作業？」

新年快到時，高個子女孩卷起行李回國了，臨走前，她把日用品都送給了我和那矮個子女孩，我見她倆一下子和好如初，兩人抱著頭抽泣，矮個子女孩說：「沒說的，你什麼時候缺錢用，什麼時候我給你寄去。」高個子女孩說：「歇會吧！你那錢多可憐見的，我不忍心拿，你倒要好自為之，別讓日本臭男人把咱們不當人看，回去也沒那麼可怕，弄好了我能周濟你。」

高個子女孩走了，聽矮個女孩說，她在北京一家國際旅行社當日文翻譯，「比我有出息，比我有志氣。」矮個子女孩說，深深嘆了口氣。

高個兒女孩走後不久，我就考上了博士課程，結束了可憐兮兮的研究生生涯，至少可以申請入女子學生寮。

我在望莊住了不到六個月，教授見我原在大陸唸過博士，教過大學，破例讓我提前參加考試，過五關、斬六將，終於只做了半年研究生就出頭了，接著又一陣舌戰群儒（女子寮寮委會口試），能搬到寮裡住了。

偶爾會經過望莊，總看見矮個女孩窗戶緊閉，也想過上樓去敲門看看她，又覺得她白天一定在睡覺。

後來，聽房東太太說，矮個兒女孩因缺課太多，被學校開除了，幸好有一位聽過她唱歌的社長（日語公司老板之意）出面替她辦了從學生簽證轉工作簽證的手續，讓她在公司工作……

我聽了很為她高興，不料房東太太又壓低了嗓門，說出了一段我不願意聽到的尾聲。

「那社長七老八十了，還花著呢！他哪裡是疼惜美人落難，分明是打她的主意哪！養個外室罷了。真夠缺德的，可以做女孩爺爺了！我知道社長常在這過夜，把她包起來了，我睜隻眼閉隻眼，不過小舟你也知道我這有我的規矩，不許房客亂留人過夜的，社會治安人人有責嘛！我忍了一陣，還是撕破臉皮說了，那老頭子腰纏萬貫，也不稀罕我這破公寓的，我一說，她第三天就搬走了，地址、電話都沒留，也好，我也省得麻煩！」

我相信這不是矮個子女孩最終的命運，但她最終的命運究竟是什麼，我不得而知。

我想起了三十年代有一電影叫做「天涯歌女」，描寫抗戰期間歌女悲慘生涯，其中主題歌唱到：「我們到處賣唱，我們四處獻舞，誰不知道國家將亡，為什麼被人當做商女？」

我們的國家並沒有亡，我們也打勝了八年抗日戰爭，可我們的女孩卻依然在日本做歌女，甚至做外室，矮個女孩的命運是不是有一些民族的命運悲情？

哀其不幸，憤其不爭哪！

暗夜

碧琪撐起上半身，薄薄的毛毯便從她渾圓的肩上滑了下來。

碧琪的臉，卻正好對著牆角上立著的一架銀邊穿衣鏡，她知道早起的女人臉最嚇人，所以每晚卸妝時，她都是洗去殘妝，再抹上一層厚厚的晚霜，然後靜靜的等待二十分鐘，讓臉上的毛孔張開貪婪的小嘴，拼命的吸食晚霜中的營養成份，她坐在那兒，覺得她那不年輕了的肌膚像饑渴的孩子捧住母親的乳頭不放似的堅持著，可她卻不耐煩了，拿出粉紅色小盒中的化妝紙把晚霜吸淨，然後再對著鏡子，懶洋洋的抹上一層粉底霜。

粉底霜均勻的散開，掩蓋住了歲月、苦悶，她輕輕嘆一口氣，用上海話嘀咕著：「啥子辰光啦！樓梯也不聞見響，找死哇！」

碧琪把燈轉暗，一個人躺在還散發出蒲草清香的榻榻米上，剛剛搬進這間房子時，她堅持要房東換上全新的榻榻米。房東是一個枯瘦的女人，算盤拎得很清，她眨巴著無神的兩眼，在碧琪身上搜索著，碧琪便迎著她的眼光，吸足氣，把胸部和臀部都托起來，讓她看個清清楚楚。

「可以給你換！不過費用你也要攤一半的呀！」房東老婦說。

熟練的工人把七成新的榻榻米挖出來，填上十成新的，榻榻米的邊緣包裹著暗藍色的布邊，碧琪忽然憶起了故鄉江南，採桑姑娘頭上裹著的不正是這樣的藍印花布嘛！榻榻米的清秀味也像江南溝渠邊潮潤的水草味，於是，碧琪覺得自己變成了一條魚，她天真爛漫的在榻榻米上翻了幾個滾，舒服得格格笑了起來。

她用手撫著泛著青色的榻榻米，心想，誰知道那張舊榻榻米上是不是也睡過一位和她一樣命運的女人……

碧琪是暗娼，至少，在房東老婦眼中，她是。

碧琪租下的公寓正對著日本南部最大的交通樞紐——博多火車站。她喜歡聽夜行車的汽笛聲和火車起動時緩緩的和鐵軌磨擦時的那一刻猶豫或者說戀戀不捨。

斯人遠去啦！於是夜的惺忪的眼，印在公寓那一塊方方正正的磨花玻璃窗上。

她從不起身送客，她不願看見男子們提著凝重的公文包匆匆走向夜的車站的那一刻遲疑。她想不起他們的名字，在她眼中，他們只有一個名字，男人。而她，也只有一個名字，當然是女人。有時那些男人會突然在亢奮中伏在她的耳邊喃喃私語，說，你得告訴我你的名字，我要叫喚你。她把目光從男人的胸前慢慢挪開，說，叫我苦菜，苦菜是並不常見的日本女人的名字，叫起來很像日文不知道的發音，當那男人一遍遍叫著時，她就笑個不停，男人頹然從她身上滾下，說，你不該笑，你應該叫，或者呻吟……

碧琪一下子從榻榻米上翻坐起來，用手拍打著軟軟和和的被褥，圓睜著雙眼，氣呼呼的說：「我就要笑，就要笑，我快樂為什麼不笑？」

男人又湊了過來，聽見她說快樂，男人的自尊心就像剛倒出來的啤酒，衝勁很足，又一把把她扳倒，這下，碧琪真的呻吟了……

碧琪是個壞脾氣的女人，為此，替她拉皮條的東山媽媽桑有一個月沒有給她介紹任何一個客人，可客人們還是自己找上門來了，原來，那些在她身上宣洩過的男人互相介紹、宣傳，都說碧琪別有風情，脾氣不好，要價又高，跟她的風情比起來又算什麼呢？

媽媽桑只好認輸，又開始殷勤的向碧琪介紹起客人來了……

像打了一場勝仗似的，碧琪決定跑到最貴的那家法國餐廳，一口氣點了半桌菜，好好的疼愛了自己一場。

碧琪是上海一家國際旅行社的翻譯，由於是名牌大學的日文系畢業的高材生，碧琪很傲氣，她只會為較高級別的日本來客擔任導遊和翻譯，五星酒店就像是自己的家，常來常往的。

這工作做得好好的，忽然她又不安份起來，要去日本留學。

留學就要找一位經濟擔保人，碧琪和日本山本商社的老板一提，老板就笑咪咪的滿口應承了。

有天晚上，碧琪提了禮物去老板在上海的公寓去謝他，老板把禮物一推，對碧琪說，這個不必，不過，我倒想要你。

碧琪不慌不忙的就把自己給了他，就在那男人纏得她最厲害的當兒，她推了他一把，冷冷的說：「你光擔保就要了我，是不是有些不公平呀？」她做出要起身的樣子，身子挺成一把弓似的。

「都好說，都好說，旅費、公寓費、每月生活費都在我身上，我會安排好的……」男人急於要她，慷慨得很。

碧琪傾身從皮包中拿出紙筆來，逼著男人寫下保證書，按上印章，這才一把攬住男人的腰說：「儂輕點哦……」也不管他聽懂沒有。

到了日本，老板要爽約，碧琪雖是個最能幹的女人也因身處異鄉軟了幾分，她就這樣不明不白的做了老板的情婦。

每個月的第一天，他和她都要認真的談一談，他承認她是他包下來的情婦，不見天日的。他在她身上拼了命似的發洩，卻乖乖的回太太那要太太照顧衣食住行。

碧琪習慣了這樣的日子，因為沒有經濟上的擔憂，她那一陣子倒是能認認真真的坐下來，好好讀了一些書。

可是，有一天老板忽然不來了……

一天，兩天，老板沒有出現，電話畏縮在牆角，一次也沒響起過鈴聲。

碧琪絕望了，她躺在那兒，想起了他給她的諸多好處，每天替他接過西裝時，他會疼愛的捏一下碧琪的手。

有一次，他喝多了酒，一進門就躺下了，說心臟有些不舒服，碧琪那天心情卻很好，一個勁的向他敘說一件高興的事兒，他擺擺頭說：「到底不一樣呀！若是太太，看我現在這模樣，她會急死！你倒好，嘰嘰喳喳，像隻麻雀，其實我要死了，你孤苦零丁的，靠誰去？當然啦！你年輕漂亮，會有新主人的……」

他疲倦的閉起雙眼，胸口一起一伏，燈光下，他的臉色灰白的像水泥的顏色。

那一夜，碧琪縮在他身旁的榻榻米上，忽然害怕起來，她想起日文中的一個詞叫「腹上死」，是指男人在和女人做愛時突然死去，腹上死最不光彩了，萬一他也腹上死自己可就慘了。

到了第六天，碧琪忍不住了，她沒有老板家的電話，地址，但有他上班的電話，她一次也沒有動用過這個電話，他是公司的老板，算得上中型企業的規模，公司與中國大陸、臺灣都有業務往來，碧琪曾向他提出過去他的公司工作，幫忙海外業務，他不同意，說：「那怎麼可以，我的女人我都不讓她們拋頭露面，畢竟辛苦，再說我也僱得起人，你去了諸多不便。」

碧琪給公司打了電話，接電話的是位女人，聲音柔得像海綿，碧琪心裡一下子酸溜溜的，連忙說：「我找社長。」

女人的聲音再度送入碧琪的耳膜時，已是帶著哭腔了。「社長已去世了，太太已主管了公司一切日常工作，她正在主持社內會議，你可以把姓名、事項告訴我，讓部長接聽好嗎？」

碧琪呼地一下掛斷電話，呆坐在那，欲哭無淚……

碧琪覺得自己是個笨女人，當時既然已查覺到他身體狀況每況愈下，後來連和她做愛也不能夠了，他常常無力的靠在碧琪光潔而富有彈性的胴體上喘息，可又不願讓碧琪看到他的虛弱，那時候，碧琪的腦中曾不止一次的閃念到應該多從他那拿些錢，而不是乖乖的每月第一天，倆人談話，表示願意維持下一個月的關係，然後他才付出一個月的花費。

碧琪懊喪極了，她是個大手大腳的女人，雖說他給的費用並不少，但她轉眼就花光了，她自信自己的魅力能把他長久的拴在身邊，完全不必為錢財小事發愁。現在倒好，他腿一伸說走就走了，留下碧琪一個人怎麼辦？

下個月的房租也交不出來了，這是一套地點很不錯的公寓，空間不大，但小巧玲瓏，碧琪已熟悉了周邊的環境，不想搬離。

房東已來過好幾次了，老頭的眼光像要把她剝光似的，他知道老板去世了，卻不急著趕走碧琪。

有一天深夜，房東老頭敲開了碧琪的門，門上帶有一把鐵鏈，見來者不善，可以隨時把門關上，碧琪手扶著門，猶豫了片刻，還是放老頭進來了。

老頭一屁股坐在榻榻米上，看定碧琪說：「你的事我都知道了，紅顏命薄，鄙人深表同情。你也不必太擔心，一切有我呢！我雖不像社長那麼有錢，但手上也有幾棟房子，幾塊地皮呢！你要不嫌棄，我供你吃、穿、住、行，你要不高興，明天就可以搬出去……」

碧琪不語，專心致志的看著自己纖纖手指上的一個鑲了一顆長崎上等黑珍珠的戒指，是社長在她生日時送她的禮物，如今人去物在，她不禁悲從中來，第一次為他灑下了還算真情的淚。

房東老頭站起來，把燈拉上，一聲不吭的解開了她的衣褲……

一年後，碧琪搬出了老頭的公寓，她不辭而別，只留下了一張字條。

老頭曾告訴過她，早在她之前，老板就在她現在住的房裡包養過一個韓國女人，那女人出奇的高大，精力旺盛。

「她吸乾了老板的精血，那個騷貨！」老頭有一次這樣對碧琪說。碧琪一驚，忙問，那她後來去哪啦？

「回國去了吧？有一天她突然想家，想她的韓國泡菜就走了。」老頭回答。

她會不會也有一天想家呢？碧琪終於想起了她的上海，繁華而灰暗的上海，但她覺得家對她已很遙遠，至少，她不甘心現在就回去。

碧琪在房東老頭的手中狠狠敲出了一筆錢，她用這筆錢好好安頓下自己，還在一所語言學校掛了一個日語就學生的名份。

她很少去上課，笑話，她的日文連日本人都不辨真假，說得溜溜的，還用上什麼課呀！

碧琪讀過一篇二三十年代一位著名作家寫的小說，描寫一位美麗而貧窮的少女做妓女的心情，那少女每日在家等嫖客的召喚電話，如果那一天沒有電話，她就痛罵自己，覺得人生的失敗。而一有電話召她，她就趕十多里路也要去，一路上她都歡欣的說，呵！工作來了，這一天總算沒白過……

碧琪放下小說，覺得很寬慰，是呵！人各有各的命，各有各的活法，做太太，做情婦，甚至做妓女本質上都是一樣的，想開了，連人生都可以看淡，何況是買賣公平呢！他佔有了你，他丟了錢，為了賺這錢，他也還不是一樣要當牛做馬，嘗盡人間苦辛？

碧琪就這樣做了一個暗娼，有文化，有品味，對嫖客很不耐煩，壞脾氣的暗娼，她的客人都是短期來此地公幹的專業人士，三天五夜後一生也無緣再見。

博多站的夜行車送走了那個提著公文包的客人，碧琪拉上窗帘，想一個人享有這暗夜。

紅塵思緒

徐悲鴻先生是中國美術史上最著名的畫家之一，他一生與三位女人的情感恩怨，令人感慨不已。

悲鴻先生的原配夫人是蔣碧薇女士。蔣碧薇是江蘇宜興人，十三歲時曾由家裡做主與人訂下婚事，但蔣碧薇十七歲時在上海與悲鴻先生一見鍾情，蔣碧薇認定徐悲鴻是她終身之託靠，在當時保守的社會風氣下，蔣碧薇為了徐悲鴻毅然逃婚，與徐悲鴻私奔到了日本，北京，後來又赴巴黎留學。徐悲鴻有才，蔣碧薇有貌，在巴黎成為人人傾慕的一對佳偶。

一九二五年，徐悲鴻因到新加坡賣畫籌款，將獨自留在巴黎的蔣碧薇託付給好朋友，也是留法的中國學生張道藩照看。

張道藩也是一位一表人材，年少英俊的男士，張當時已與法國女郎蘇珊訂婚。

張受徐悲鴻之託，對蔣碧薇的照顧無微不至，然而，照料過了頭，兩人從此墜入愛河，終生不能解脫。

徐悲鴻有一位女學生，叫孫多慈，孫多慈是一位有才有貌的女畫家。蔣碧薇認為徐悲鴻與孫多慈有不正常的男女情愛關係，是畸戀，蔣碧薇為此非常傷心，徐悲鴻糾纏在複雜多角的紅塵恩怨之中，也常對人說他自己「心裡很苦」。

孫多慈以優異的成績考入藝術系學畫，卻因這些紅塵恩怨無法到校上課，最後孫多慈嫁了當時浙江省教育廳廳長許紹棣，後來孫多慈隨丈夫去了臺灣，很少提及她與徐悲鴻的舊事，只是據說她在知道徐悲鴻去世的消息後，大哭一場，並為徐悲鴻戴了三年重孝，孫多慈已患癌症去世，多少恩恩怨怨，都隨著歲月而消逝了。

蔣碧薇與張道藩的感情之路也走得十分坎坷，艱難。一路風雨兼程，結果亦引人傷感。

蔣碧薇愛張道藩愛得很苦，她與徐悲鴻離婚後，很想與張道藩結婚，但張有妻室，有家庭，蔣碧薇只好一等再等……

蔣碧薇想嫁張道藩，做他正式的太太，但張卻無法解除他與蘇珊的婚姻，蔣碧薇萬念俱灰時，曾寫信給張道藩，認為兩人愛情永無結果，不如分手白愛算了。

張道藩在一封信中一口氣寫了十一個等字，十一個驚嘆號。張道藩在臺灣與蔣碧薇曾同居十年，並答應在蔣碧薇六十歲時一定明媒正娶，然而張道藩最終還是回到了太太蘇珊身邊，拋下蔣碧薇獨飲愛的苦酒。

蔣碧薇這才知道幾十年與張道藩的恩恩怨怨都已流失，為了不受張道藩又回到太太身邊，舉家團聚的刺激，她最後去了南洋。

廖靜文比徐悲鴻小很多，她嫁給徐悲鴻後，對徐悲鴻十分關心，用徐悲鴻與蔣碧薇的女兒的話來說：「繼母與父親在一起生活不到十年，雖然富裕不足，但繼母卻是充實的、無私的、幸福的，不像我母親那樣自私、冷淡、或醉生夢死。」

徐悲鴻去世後，廖靜文還才三十歲，徐悲鴻是一九五三年去世的，一九五六年，也就是三年後廖靜文在北戴河療養時結識了一位比自己小六歲的姓黃的軍人，後來兩人結婚。

外界很少知道這件婚事，記得在廖靜文的回憶錄中她從來沒講起過這樁婚姻，外界也總是稱她為徐夫人，有一次我的一位女友還對我說，廖靜文很偉大，為徐悲鴻守了一生的寡，看來，事實並不是這樣。

可惜，這次婚姻結局很糟糕。

文化大革命中，徐悲鴻的墳被紅衛兵砸了，廖靜文也成了被批鬥的對象，多次被紅衛兵打昏過去。黃看見這個家一下子一敗塗地，他認為他不應當受牽連，他出身好，根正苗紅，於是黃離開廖出走。

後來黃見風波平息，又返回家中，廖靜文不肯原諒他，兩人宣告離婚。

真是個曉來雨過，遺蹤何在？一池萍碎，春色三分，二分塵土，一分流水罷了。

後記

我為女性哀與歌

一九九六年春，我陪家聲到美國舊金山開一個國際材料學會議，那是我第一次到舊金山。我們下榻的旅館是公司付款的，位於黃金地帶的街上，每天看著太平洋的波濤在海灣中閃著金光，街上的紅男綠女熙來攘往，我知道我已到了美國西海岸最繁華的都市了。

有一天，我順著大街慢慢散步，忽然眼前出現了一座中國牌樓，它威嚴的聳立在異國的藍天下，上面是國父孫中山先生手書的大字「天下為公」，接著我走進了一個城中之城，全是黃面孔、黑眼睛、黑頭髮，我恍恍惚惚的走著、走著，彷彿置身於一個奇怪的世界，全是中國字、中國人、中國貨、中國鄉音。那一天，我走了整整兩小時，還沒有走完這座奇異的城。我看見中文書店、中文報刊，一眨眼的工夫，我見報童賣出了幾十份中文報，我湊上前一看，是星島日報美洲版，接著我看見老人讀它，小孩子讀它，女人們一隻手提著活魚、豆腐、筍乾，一隻手裡提著一份星島。我落寞的心一下子亮堂堂，我也買了一份星島，我對自己說，讓我來做些什麼，我要寫，用我們祖宗的文字寫，寫給城中的人們看。

我給報紙寄去了我的第一篇稿子，三天後，星島總編程先生便給我打來了電話，他說，小舟，你可以在我們報紙上開一個專欄，每週五天或六天，你說好嗎？我就這樣開始寫一個有關女人與男人的專欄，一寫就是兩年。有時我累了，倦了，不想再寫，讀者們就會說，寫下去，小舟你不要停，我們每天看你的專欄，和你默默談心，你不能停！

女人們和我打電話，給我寫信，家聲說，你怎麼這麼輕易的就獲得了女人們的信任？她們與我素昧平生，連一張我的相片都沒見過，可是她們卻把她們的情愛人生中最隱秘的部份告訴我，有時一邊接聽讀者的電話，我一面向後院張望，見柔風中吹起一盞細絨般的蒲公英，千姿百態的飛往無窮無盡的蒼穹，蘋果花垂吊著粉白的朵兒，寬厚仁愛的葉子便護衛著它，有經驗老農告訴過我，蘋果樹、梨樹，總之，一切你希望它開花結果的樹，都一定要成雙結對的栽種，如果放單，那可憐的樹便沒有花，更沒有果。

「你看見蒲公英了吧？它滿世界飛，是要去尋找一個伴侶呀！」那位名叫勞倫斯的美國老人這樣說：「找到了，它就安心的開花，花兒就是它的小孩子呢！」

而電話中這位遠住美國東海岸的女子卻沒有伴。她結過婚，丈夫是一位擁有碩士學位的會計師，但他棄她而去，就在同一座城市，在她的眼皮下，他走上了外遇的不歸路。

「我好孤獨，我最怕看黃昏的夕陽一寸寸的墜入黑暗，我就拚命撕扯我的頭髮，為什麼命運要這樣捉弄我！小舟，你也是經歷這同樣苦難的人，伸出手，幫助我！」

怎麼幫助？我默然了。以後我又聽到更多的類似的故事。真想不到，在美國，在狹小的中國人圈子裡，會有這麼多的淒涼故事。女人的不幸，男人的薄情，本是一個吟唱了一代又一代的故事。我讀張愛玲的小說，覺得她滿紙華麗而蒼涼的故事，說穿了，不過是一個咀嚼了太久的主題，女人的不幸，不幸的女人。

我的心裡昇騰起溫柔的同情，我想我應該把這些寫成一本書，敘說世界男女的恩恩怨怨。我寫的是並不新穎的題目，可是我卻把一隻老祖母留下來的舊瓶子裡裝上了新釀的酒。時移則世異，我寫的是今天，也許就在這一刻發生的男人和女人的故事，給女人一些信心，給男人一些忠告。

《愛的美麗與哀愁》由三民書局出版後，一位美國的華人女讀者這樣告訴我：「謝謝你，小舟，我先生讀了你的書，對我說，放心啦！我給你的會是美麗，不是哀愁。」

作為一個作家，還有比聽到這句話更欣慰的事嗎？我覺得，那一刻我的心裡盛滿了幸福，我為女人哀與歌，對於我來說，寫一本這樣的書，真是一件美麗的事業。

如今，我把男人和女人專欄上的文章結集成「只要我和你」，主要探討情愛人生中的第三者問題，仍交三民書局出版，在與三民書局編輯部主編及編輯先生近四年的合作中，我感到交給她們最最放心。她們彷彿是我每一部作品的接生者，引導我走向文學人生。

在此，我也要感謝星島日報的總編程懷澄先生和他的夫人玉蘭女士，程總編常和我討論如何提高專欄質量，給我不少啟發和建議。而他的夫人每天都把我的專欄剪貼起來，在這幾年中，她常給我來信，敘說她做為我的一位特殊讀者在閱讀中的所感所思。

我感謝我的父母，是他們用無盡的愛，鼓舞我懂得去愛他人，去完成我寫作的使命。

我更感謝上帝，祂讓我做一個女人，我喜歡我的女性人生角色，儘管做為一個女人，也許我會走得更艱難。

如果有下輩子，我還想做女人，並用我的筆，寫下無數的男人和女人的故事。

三民叢刊書目

①	邁向已開發國家	孫　震著
②	經濟發展啟示錄	于宗先著
③	中國文學講話	王更生著
④	紅樓夢新解	潘重規著
⑤	紅樓夢新辨	潘重規著
⑥	自由與權威	周陽山著
⑦	勇往直前 ・傳播經營札記	石永貴著
⑧	細微的一炷香	劉紹銘著
⑨	文與情	琦　君著
⑩	在我們的時代	周志文著
⑪	中央社的故事（上） ・民國二十一年至六十一年	周培敬著
⑫	中央社的故事（下） ・民國二十一年至六十一年	周培敬著
⑬	梭羅與中國	陳長房著
⑭	時代邊緣之聲	龔鵬程著
⑮	紅學六十年	潘重規著
⑯	解咒與立法	勞思光著
⑰	對不起，借過一下	水　晶著
⑱	解體分裂的年代	楊　渡著
⑲	德國在那裏？（政治、經濟） ・聯邦德國四十年	郭恆鈺 許琳菲等著
⑳	德國在那裏？（文化、統一） ・聯邦德國四十年	郭恆鈺 許琳菲等著
㉑	浮生九四 ・雪林回憶錄	蘇雪林著
㉒	海天集	莊信正著
㉓	日本式心靈 ・文化與社會散論	李永熾著
㉔	臺灣文學風貌	李瑞騰著
㉕	干儛集	黃翰荻著

(60) 蝴蝶球傳奇　顏匯增著
・真實與虛構
(61) 文化啓示錄　南方朔著
(62) 日本這個國家　章陸著
(63) 在沉寂與鼎沸之間　黃碧端著
(64) 民主與兩岸動向　余英時著
(65) 靈魂的按摩　劉紹銘著
(66) 迎向眾聲　向陽著
・八〇年代臺灣文化情境觀察
(67) 蛻變中的臺灣經濟　于宗先著
(68) 從現代到當代　鄭樹森著
(69) 嚴肅的遊戲　楊錦郁著
・當代文藝訪談錄
(70) 甜鹹酸梅　向明著
(71) 楓香　黃國彬著
(72) 日本深層　齊濤著
(73) 美麗的負荷　封德屏著
(74) 現代文明的隱者　周陽山著
(75) 煙火與噴泉　白靈著

(76) 七十浮跡　項退結著
・生活體驗與思考
(77) 永恆的彩虹　小民著
(78) 情繫一環　梁錫華著
(79) 遠山一抹　思果著
(80) 尋找希望的星空　呂大明著
(81) 領養一株雲杉　黃文範著
(82) 浮世情懷　劉安諾著
(83) 天涯長青　趙淑俠著
(84) 文學札記　黃國彬著
(85) 訪草（第一卷）　陳冠學著
(86) 藍色的斷想　陳冠學著
・孤獨者隨想錄
A・B・C全卷
(87) 追不回的永恆　彭歌著
(88) 紫水晶戒指　小民著
(89) 心路的嬉逐　劉延湘著
(90) 情書外一章　韓秀著
(91) 情到深處　簡宛著
(92) 父女對話　陳冠學著

⑨③	陳冲前傳	嚴歌苓著
⑨④	面壁笑人類	祖　慰著
⑨⑤	不老的詩心	夏鐵肩著
⑨⑥	雲霧之國	合山　究著
⑨⑦	北京城不是一天造成的	喜　樂著
⑨⑧	兩城憶往	楊孔鑫著
⑨⑨	詩情與俠骨	莊　因著
⑩⓪	文化脈動	張　錯著
⑩①	桑樹下	繆天華著
⑩②	牛頓來訪	石家興著
⑩③	深情回眸	鮑曉暉著
⑩④	新詩補給站	渡　也著
⑩⑤	鳳凰遊	李元洛著
⑩⑥	文學人語	高大鵬著
⑩⑦	養狗政治學	鄭赤琰著
⑩⑧	烟　塵	姜　穆著
⑩⑨	河　宴	鍾怡雯著
⑪⓪	滬上春秋	章念馳著
⑪①	愛廬談心事	黃永武著
⑪②	吹不散的人影	高大鵬著
⑪③	草鞋權貴	嚴歌苓著
⑪④	是我們改變了世界	張　放著
⑪⑤	夢裡有隻小小船	夏小舟著
⑪⑥	狂歡與破碎	林幸謙著
⑪⑦	哲學思考漫步	劉述先著
⑪⑧	說　涼	水　晶著
⑪⑨	紅樓鐘聲	王熙元著
⑫⓪	寒冬聽天方夜譚	保　真著
⑫①	儒林新誌	周質平著
⑫②	流水無歸程	白　樺著
⑫③	偷窺天國	劉紹銘著
⑫④	倒淌河	嚴歌苓著
⑫⑤	尋覓畫家步履	陳其茂著
⑫⑥	古典與現實之間	杜正勝著
⑫⑦	釣魚臺畔過客	彭　歌著
⑫⑧	古典到現代	張　健著
⑫⑨	帶鞍的鹿	虹　影著
⑬⓪	人文之旅	葉海煙著

131 生肖與童年　小民著　喜樂圖
132 京都一年　林文月著
133 山水與古典　林文月著
134 冬天黃昏的風笛　呂大明著
135 心靈的花朵　戚宜君著
136 親　戚　韓　秀著
137 清詞選講　葉嘉瑩著
138 迦陵談詞　葉嘉瑩著
139 神　樹　鄭　義著
140 琦君說童年　琦　君著
141 域外知音　張堂錡著
142 遠方的戰爭　鄭寶娟著
143 留著記憶・留著光　陳其茂著
144 滾滾遼河　紀　剛著
145 王禎和的小說世界　高全之著
146 永恆與現在　劉述先著
147 東方・西方　夏小舟著
148 嗚咽海　程明琤著
149 沙發椅的聯想　梅　新著
150 資訊爆炸的落塵　徐佳士著
151 沙漠裡的狼　白　樺著
152 風信子女郎　虹　影著
153 塵沙掠影　馬　遜著
154 飄泊的雲　莊　因著
155 和泉式部日記　林文月譯・圖
156 愛的美麗與哀愁　夏小舟著
157 黑　月　樊小玉著
158 流香溪　季　仲著
159 史記評賞　賴漢屏著
160 文學靈魂的閱讀　張堂錡著
161 抒情時代　鄭寶娟著
162 九十九朵曇花　何修仁著
163 說故事的人　彭　歌著
164 日本原形　齊　濤著
165 從張愛玲到林懷民　高全之著
166 莎士比亞識字不多？　陳冠學著
167 情思・情絲　龔　華著

⑱ 說吧，房間　林　白著
⑲ 自由鳥　鄭　義著
⑳ 魚川讀詩　梅　新著
㉑ 好詩共欣賞　葉嘉瑩著
㉒ 永不磨滅的愛　楊秋生著
㉓ 晴空星月　馬　遜著
㉔ 風　景　韓　秀著
㉕ 談歷史　話教學　張　元著
㉖ 兩極紀實　位夢華著
㉗ 遙遠的歌　夏小舟著
㉘ 時間的通道　簡　宛著
㉙ 燃燒的眼睛　簡　宛著
㉚ 月兒彎彎照美洲　李靜平著
㉛ 愛廬談諺詩　黃永武著
㉜ 劉真傳　黃守誠著

⑱ 天涯縱橫

位夢華 著

以兩極生態氣候的研究為基礎，作者建構了此書的論理與想像世界。內容從極地景致、開拓艱辛及天文物理觀念，引申至有關宇宙天人及環保的許多想法，包容科學與文學，兼具知性與感性。讓您在詼諧而深切的筆調中，激發對地球的關懷與熱愛。

⑱ 新詩論

許世旭 著

中國詩歌，無論新舊，是一座甘泉，若不掬飲，口渴神焦，……。作者係韓國人士，長年沈浸在中國文學之中，對於在中國新詩的源起及兩岸新詩風格的異同，均有獨到而精闢的見解。是讀者拓寬視野，更深入了解中國新詩之發展所必備的好書。

⑱ 天 譴

張 放 著

「一不埋怨天，二不埋怨地，只是咱家命不濟，生長在這亂世裡。」于祥生，一位山東流亡學生，民國三十八年隨政府搭乘濟和輪來到澎湖，卻萬萬沒料到會遭逢一場史無前例的政治騙局，他的人生、情愛就在這時代悲劇與宿命的安排下，無奈地上演。

⑱ 綠野仙蹤與中國

賴建誠 著

一本融和理性與感性的著作，以經濟分析的專業素養，將關懷的筆觸，延著供需曲線帶進閱讀的天空。那一篇篇翔實的數據，是驗證生活的另一種形式；那一篇篇雋詠的小品，則是理性思維的靠墊。不管你來自士農工商，本書都能提供一場知性洗禮。

⑱⑦ 標題飆題

馬西屏 著

一個出色的報紙標題不僅要精簡準確地傳達新聞訊息，更要能表現文字的優美和趣味，這可是一門藝術。近年來報紙解禁，各種充滿巧思創意的標題紛紛跳上版面，等著要攫取你的注意。小心！一場報刊標題的革命正在編輯枱上悄悄進行……

⑱⑧ 詩與情

黃永武 著

詩以情為主，作者長期浸淫於古典情詩，擷採珠玉，編綴出男女的愛情、家人的親情、入世的世情與出世的忘情種種世態人情。文中所引，首首如新摘茶筍，簇新可喜，且解說精要，切緊詩旨，能帶給您全新的視野與怡然的感受。

⑱⑨ 鹿　夢

康正果 著

從大陸西安到新大陸東岸的小鎮，不同的國度有著不同的風土民情，但在作者細膩的心思與敏銳的觀察力之下，它們之間起了微妙的關聯。長期旅居海外的作者，將他生活中的點點滴滴，轉化成一篇篇清雅的散文精品，將讓您領會閱讀的雋永與甘美。

⑲⓪ 蝴蝶涅槃

海　男 著

「一個生活在舊時代的女人，她生活在男人之中不如說是生活在戰爭之中，她生活在戰爭之中不如說是生活在蝴蝶之中。一個生活在蝴蝶之中的穿中國旗袍的女人，其靈魂終究會像蝴蝶一樣四處飛翔。」而她的歸宿，竟在何方？

⑲⑴ 半洋隨筆

林培瑞 著

本書是林培瑞教授一篇篇關於他對中國的研究、感想、社論、訪問等合集。作者熱愛中國文化，對當代中國的社會、政治、文學、藝術等無不關心；綠眼黃髮，是位十足的「洋人」，但他對中國的關懷，無不流露在字裡行間，值得我們細細品味與深思。

⑲⑵ 沈從文的文學世界

王繼志
陳龍 著

沈從文，一個身處於三〇年代的作家，如何在這動盪的中國社會環境中，發揮自己創作及人格上的獨特性，以享有「中國的大仲馬」的美譽呢？作者由政治學、社會學、美學等多種不同角度切入，帶領我們逐步探索沈從文謎一般的文學世界。

⑲⑶ 送一朵花給您

簡宛 著

本書作者自離臺赴美留學後，便長期旅居美國，迄今已逾二十年。書中有著許多海外生活的點滴，又有往來中國大陸、美國、臺灣所觀察到的各種社會現狀，有針砭亦有從關懷出發的諄諄叮嚀，使得全書層次豐富，文趣盎然。

⑲⑷ 波西米亞樓

嚴歌苓 著

作者為生於上海、旅居海外的優秀作家。本書除蒐羅其在美生活點滴、寫作歷程及心得，更有對書作、電影之所感所懷。洗鍊的文筆、豐華的文采，加之發自心靈深處的感動，這一篇篇雋永、情摯的佳作，縮短了作者與讀者間的距離。

⑮化妝時代

陳家橋　著

陳，在一次陌生人闖入的情形下，成為一個殺人的疑犯，他必須找尋凶手，找尋這個和他打扮一樣的陌生人；就在他從化妝師那尋找線索時，他落入一個如真似幻的情境，在無法自拔時，他被指為瘋子，被控謀殺，他要如何去面對這一切的問題……。

⑯寶島曼波

李靜平　著

年少時天真得令自己淪為笑柄的悲慘遭遇，事過境遷後往往反為記憶中開心的片段。本書中收錄著作者兒時的種種突發奇想，那屬於孩提時代的天真、忘我，有的令人噴飯，有些令人莞爾。在兒時距我們越來越遠的當兒，本書絕對讓你返老還童。

⑰只要我和你

夏小舟　著

本書作者早年負笈日本，而後旅居美國。儘管足跡從保守的東方跨入開放的西方，但作者對兩性情感世界的關注卻不曾稍減。書中所收一篇篇帶著遺憾的真實故事，不甚完美的結局，恰能提供你我一個正視情感與人性的機會。

⑱銀色的玻璃人

海　男　著

「林玉媚走進了花園深處，她想看看吹奏薩克斯風的這個人是誰？……」是什麼樣一段不為人知的記憶，輕輕撩撥這即將邁入三十的女醫生心絃？循著四月天的癌症病房，她慢慢鋪陳出一段段似有若無的感情軌跡，讓心隨著它一同飛翔。

⑲小歷史
——歷史的邊陲
林富士 著

想窺視求符籙、作法事、占夢等流傳已久的巫覡傳統嗎？想了解中元普渡傳統祭典的現代性格嗎？屎尿、頭髮與人肉又有哪些有趣的象徵意義呢？處於多元化的社會，這些「邊緣」文化所表現出民眾對鬼神及自然界不可知力量的敬畏，值得您深入探討。

⑳再回首
鄭寶娟 著

本書收錄作者近期滿意的短篇創作十四篇，情感深刻，直指人心。誰說小說都只是風花雪月、不食人間煙火的夢幻，作者藉著細膩的感觸、流暢的敘述筆力，結構出人生各個層面的真情實感；而正因這份直實，讓人感歎紅塵種種的可貴與無奈。

(201)舊時月色
張堂錡 著

「每個人都有自己的日光風景，每個世代的人都會創造出獨特的回憶。……只要流過汗水，踏實走過，每一步都會閃著黃金般的亮光。」這本散文集或敘童年往事，或寫人物情緣，或抒讀書雜感，是作者向青春，向散文告別的見證，讀來別有感懷。

(202)進化神話第一部
——駁達爾文《物種起源》
陳冠學 著

達爾文《物種起源》一書，闡釋了「物競天擇，適者生存」的自然進化學說。一百多年來，人們一直戴著這副偏光鏡片去觀察世界，而不自知。本書以科學的論述，客觀地指出進化理論的矛盾意想，層層揭露了進化神話的迷思。

⑳③ 大話小說

莊因 著

作者以其亦莊亦諧的筆調，探觸華人世界的生活百態，這其中有憶往記遊、有典故，當然還有他所嗜好的飲食文化，綜觀全書，不時見他出入人群，議論時事，批評時弊，本著知識份子的良知良行，期待著中國人有「說大話而不臉紅的一天」。

國家圖書館出版品預行編目資料

只要我和你／夏小舟著. --初版. --臺
北市：三民，民88
面；　公分. --(三民叢刊；197)
ISBN 957-14-2977-5（平裝）

857.63　　　　　　88002769

網際網路位址　http://www.sanmin.com.tw

著作人　夏小舟
發行人　劉振强
著作財產權人　三民書局股份有限公司
臺北市復興北路三八六號
發行所　三民書局股份有限公司
地　址／臺北市復興北路三八六號
電　話／二五〇〇六六〇〇
郵　撥／〇〇〇九九九八——五號
印刷所　三民書局股份有限公司
門市部　復北店／臺北市復興北路三八六號
重南店／臺北市重慶南路一段六十一號
初　版　中華民國八十八年八月
編　號　S 85471
基本定價　叁元肆角
行政院新聞局登記證局版臺業字第〇二〇〇號

ISBN 957-14-2977-5（平裝）